佐島 勤
Tsutomu Sato
illustration／石田可奈
Kana Ishida
illustrator assistant／ジミー・ストーン、末永康子
魔法科高中的劣等生16
The irregular at magic high school
四葉繼承篇

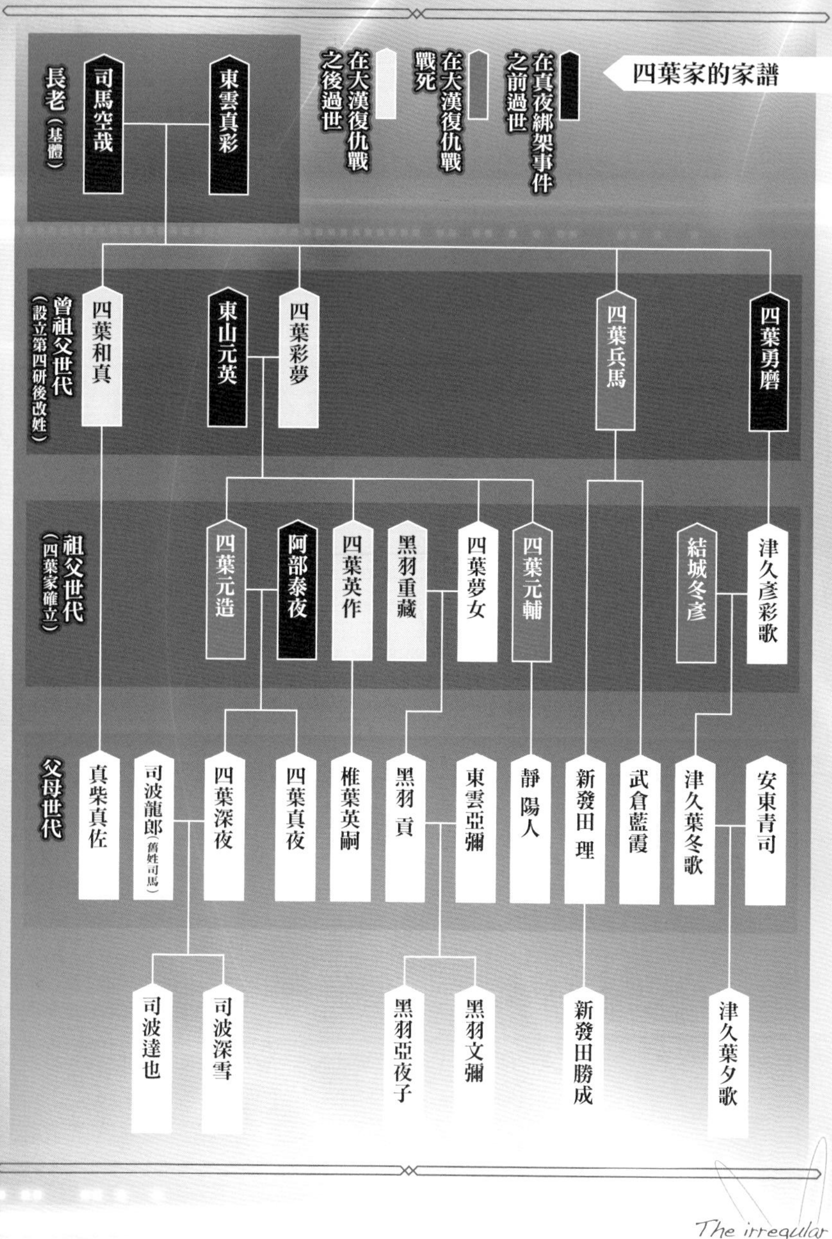

The irregular at magic high school

「別再說了……！這是沒辦法的事啊！」
『妳真正討厭的事……是嫁給哥哥以外的男性。』

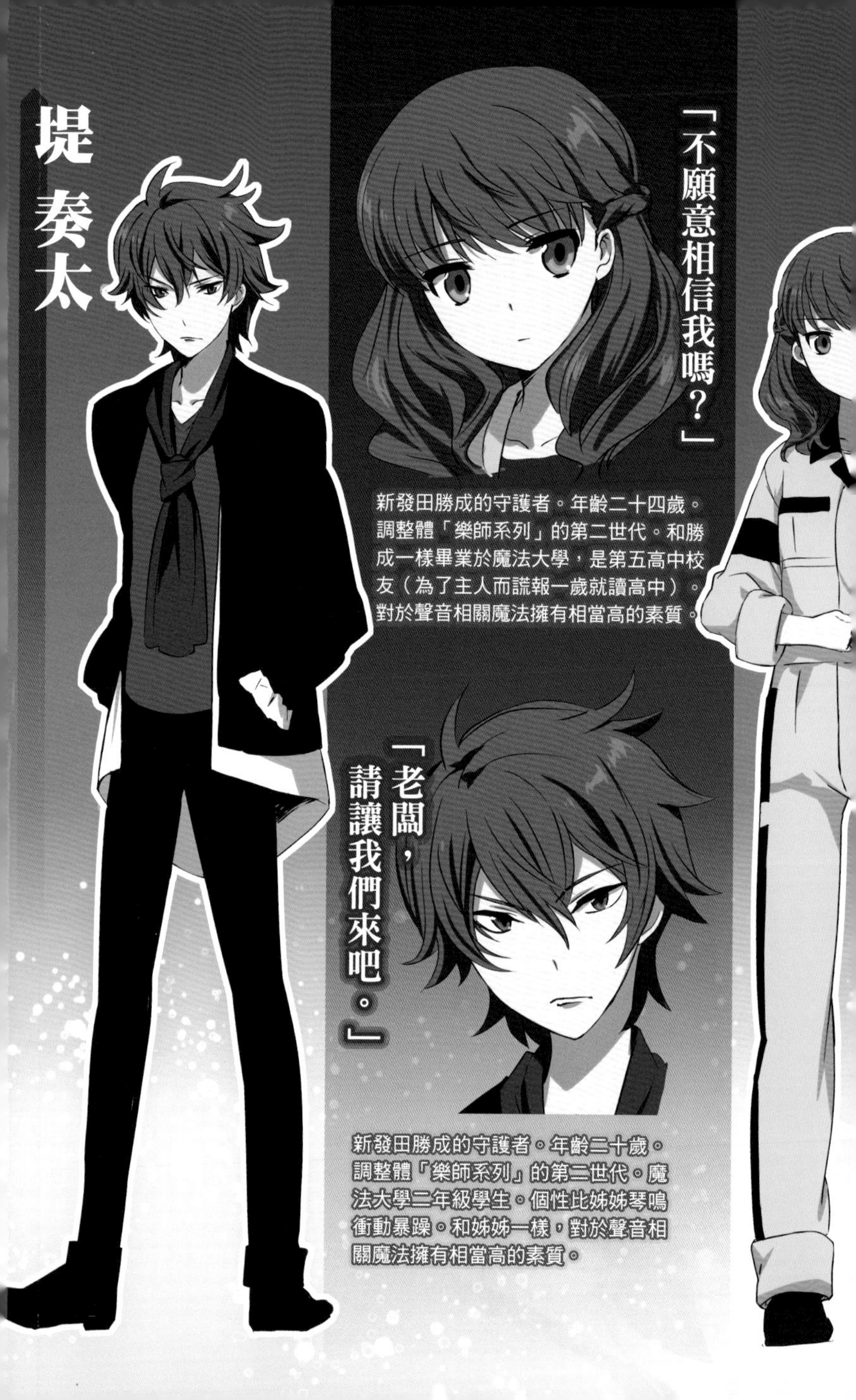
堤 奏太
「不願意相信我嗎？」
新發田勝成的守護者。年齡二十四歲。調整體「樂師系列」的第二世代。和勝成一樣畢業於魔法大學，是第五高中校友（為了主人而謊報一歲就讀高中）。對於聲音相關魔法擁有相當高的素質。
「老闆，請讓我們來吧。」
新發田勝成的守護者。年齡二十歲。調整體「樂師系列」的第二世代。魔法大學二年級學生。個性比姊姊琴鳴衝動暴躁。和姊姊一樣，對於聲音相關魔法擁有相當高的素質。

背負某項缺陷的劣等生哥哥。
一切完美無瑕的優等生妹妹。
這對兄妹就讀魔法科高中之後，

風波不斷的每一天就此揭開序幕——

魔法科高中的劣等生 16

The irregular at magic high school

四葉繼承篇

佐島 勤
Tsutomu Sato
illustration
石田可奈
Kana Ishida

Kadokawa Fantastic Novels

Character
登場角色介紹

司波達也

就讀於二年E班。
進入新設立的魔工科。
達觀一切。
妹妹深雪的「守護者」。

司波深雪

就讀於二年A班。達也的妹妹。
去年以首席成績入學的優等生。
擅長冷卻魔法。溺愛哥哥。

西城雷歐赫特

就讀於二年F班，達也的朋友。
二科生。擅長硬化魔法。
個性開朗。

千葉艾莉卡

就讀於二年F班，達也的朋友。
二科生。可愛的闖禍大王。

柴田美月

就讀於二年E班。
今年也和達也同班。
罹患靈子放射光過敏症。
有點少根筋的認真少女。

吉田幹比古

就讀於二年B班。今年起成為一科生。
出自古式魔法的名門。
從小就認識艾莉卡。

光井穗香

就讀於二年A班，深雪的同班同學。
擅長光波振動系魔法。
一旦擅自認定後就頗為一意孤行。

北山 雫

就讀於二年A班，深雪的同班同學。
擅長振動與加速系魔法。
情緒起伏鮮少展露於言表。

里美 昴

就讀於二年D班。
宛如美少年的少女。
個性開朗隨和。

英美・艾米莉雅・格爾迪・明智

就讀於二年B班，
隔代混血兒。
平常被稱為「艾咪」。
名門格爾迪家的子女。

櫻小路紅葉

就讀於二年B班，
昴與艾咪的朋友。
便服是哥德蘿莉風格。
喜歡主題樂園。

森崎 駿

就讀於二年A班，
深雪的同班同學。
擅長高速操作CAD。
身為一科生的自尊強烈。

十三束 鋼

就讀於二年E班。
別名「Range Zero」（射程距離零）。
「魔法格鬥武術」的高手。

七草真由美

畢業生。現在是魔法大學學生。
擁有令異性著迷的
小惡魔個性，
卻不擅長應付他人攻勢。

中条 梓

三年級。前任學生會會長。
生性膽小，個性畏首畏尾。

市原鈴音

畢業生。現在是魔法大學學生。
冷靜沉著的智慧型人物。

服部刑部少丞範藏

三年級。前任社團聯盟總長。
雖然優秀，卻有著過於正經的一面。

渡邊摩利

畢業生。真由美的好友。
各方面傾向好戰。

十文字克人

畢業生。現在升學至魔法大學。
達也形容為「如同巨巖般的人物」。

辰巳鋼太郎

畢業生。前任風紀委員。
個性豪爽。

關本 勳

畢業生。前任風紀委員。
論文競賽校內審查第二名。
犯下間諜行為。

澤木 碧

三年級。風紀委員。
對女性化的名字耿耿於懷。

桐原武明

三年級。劍術社成員。
關東劍術大賽
國中組冠軍。

五十里 啟

三年級。前任學生會會計。
魔法理論成績優秀。
千代田花音的未婚夫。

壬生紗耶香

三年級。劍道社成員。
劍道大賽國中女子組
全國亞軍。

千代田花音

三年級。前任風紀委員長。
和學姊摩利一樣好戰。

七草香澄

今年就讀
魔法科高中的「新生」。
七草真由美的妹妹，
泉美的雙胞胎姊姊。
個性活潑開朗。

七寶琢磨

擔任今年「新生」總代表的學生。
一科生。有力的魔法師家系
「師補十八家」之一
「七寶家」的長子。

七草泉美

今年就讀
魔法科高中的「新生」。
七草真由美的妹妹，
香澄的雙胞胎妹妹。
個性成熟穩重。

櫻井水波

今年就讀魔法科高中的「新生」。
立場是達也與深雪的表妹。
深雪的守護者候選人。

隅守賢人

就讀於一年G班的白種人少年。
父母從USNA歸化日本。

安宿怜美

第一高中保健醫生。
穩重溫柔的笑容
大受男學生歡迎。

平河小春

畢業生。在去年以工程師身分
參加九校戰。
主動放棄參加論文競賽。

廿樂計夫

第一高中教師。
擅長魔法幾何學。
論文競賽的負責人。

平河千秋

就讀於二年E班。
敵視達也。

珍妮佛・史密斯

歸化日本的白種人。達也的班級
與魔法工學課程的指導教師。

千倉朝子

三年級。九校戰新項目
「堅盾對壘」的女子單人賽選手。

小野 遙

第一高中的
綜合輔導老師。
生性容易被欺負，
卻有不為人知的另一面。

五十嵐亞實

畢業生。兩項競賽社前任社長。

五十嵐鷹輔

二年級。亞實的弟弟。
個性有些懦弱。

九重八雲

擅長古式魔法「忍術」。
達也的體術師父。

三七上凱利

三年級。九校戰「祕碑解碼」
正規賽的男生選手。

琵庫希

魔法科高中擁有的家事輔助機器人。
正式名稱是3H（Humanoid Home Helper：
人型家事輔助機械）P94型。

一条剛毅

將輝的父親。
十師族一条家現任當家

一条美登里

將輝的母親。
個性溫和，廚藝高明。

一条 茜

一条家長女，將輝的妹妹。
今年就讀當地的名門私立中學。
心儀真紅郎。

一条瑠璃

一条家次女，將輝的妹妹。
我行我素，行事可靠。

牛山

FLT的CAD開發第三課主任。
受到達也的信任。

恩斯特・羅瑟

首屈一指的CAD製作公司
羅瑟魔工所日本分公司社長。

一条將輝

第三高中的二年級學生。
今年也參加九校戰。
「十師族」一条家的下任當家。

吉祥寺真紅郎

第三高中的二年級學生。
今年也參加九校戰。
以「始源喬治」的
別名眾所皆知。

北山 潮

雫的父親。企業界的大人物。
商業假名是北山潮。

北山紅音

雫的母親。曾以振動系魔法
聞名的A級魔法師。

北山 航

雫的弟弟。小學六年級。
非常仰慕姊姊。
目標是成為魔工技師。

鳴瀨晴海

雫的表哥。國立魔法大學
附設第四高中的學生。

九島 烈

被譽為世界最強
魔法師之一的人物。
眾人尊稱為「宗師」。

九島真言

日本魔法界長老九島烈的兒子，
九島家現任當家。

九島光宣

真言的兒子。
雖是國立魔法大學附設
第二高中的一年級學生，
但因為經常生病幾乎沒上學。
和藤林響子是同母異父的姊弟。

九鬼 鎮

服從九島家的師補十八家之一。
尊稱九島烈為「老師」。

七草弘一

真由美的父親，七草家當家。
也是超一流的魔法師。

名倉三郎

受僱於七草家的強力魔法師。
主要擔任真由美的貼身護衛。

千葉壽和

千葉艾莉卡的大哥。
警察省國家公務員。
乍看之下像是
遊手好閒的人。

千葉修次

千葉艾莉卡的二哥。
摩利的男友。
具備千刃流劍術免許皆傳資格。
別名「千葉的麒麟兒」。

稻垣

警察省的巡查部長。
千葉壽和的部下。

安娜・羅瑟・鹿取

艾莉卡的母親。日德混血兒，
曾是艾莉卡的父親——
千葉家當家的「小妾」。

小和村真紀

實力足以在著名電影獎
入圍最佳女主角的女星。
不只是美貌，演技也得到認同。

周公瑾

安排大亞聯盟的呂與陳
來到橫濱的俊美青年。
在中華街活動的神祕人物。

陳祥山

大亞聯軍
特殊作戰部隊隊長。
為人心狠手辣。

呂剛虎

大亞聯軍特殊作戰部隊的
王牌魔法師。
別名「食人虎」。

鈴

森崎拯救的少女。
全名是「孫美鈴」。
香港國際犯罪組織
「無頭龍」的新領袖。

風間玄信

陸軍101旅
獨立魔裝大隊隊長。
階級為少校。

真田繁留

陸軍101旅
獨立魔裝大隊幹部。
階級為上尉。

藤林響子

擔任風間副官的
女性軍官。階級為少尉。

佐伯廣海

國防陸軍101旅旅長。階級為少將。
獨立魔裝大隊隊長風間玄信的長官。
外貌使她擁有「銀狐」的別名。

柳 連

陸軍101旅
獨立魔裝大隊幹部。
階級為上尉。

山中幸典

陸軍101旅獨立魔裝大隊幹部。
少校軍醫，一級治癒魔法師。

酒井

國防陸軍總司令部軍官，階級為上校。
被視為反大亞聯盟的強硬派。

四葉真夜

達也與深雪的姨母。
深夜的雙胞胎妹妹。
四葉家現任當家。

司波深夜

達也與深雪的母親。已故。
唯一擅長精神構造干涉魔法的魔法師。

葉山

服侍真夜的高齡管家。

櫻井穗波

深夜的「守護者」。已故。
受到基因操作，強化魔法天分而成的調整體魔法師「櫻」系列第一代。

津久葉夕歌

四葉家下任當家候選人之一。
曾擔任第一高中學生會副會長。
現在是魔法大學四年級學生，擅長精神干涉系魔法。

司波小百合

達也與深雪的後母。
厭惡兩人。

新發田勝成

四葉家下任當家候選人之一。
為防衛省職員，第五高中的校友。
擅長聚合系魔法。

黑羽貢

司波深夜、四葉真夜的表弟。
亞夜子、文彌的父親。

堤 琴鳴

新發田勝成的守護者。
調整體「樂師系列」的第二代。
對於聲音相關魔法擁有相當高的素質。

黑羽亞夜子

達也與深雪的從表妹。
和弟弟文彌是雙胞胎。
第四高中的學生。

堤 奏太

新發田勝成的守護者。
調整體「樂師系列」的第二代。為琴鳴的弟弟，和她一樣對於聲音相關魔法擁有相當高的素質。

黑羽文彌

四葉下任當家候選人。
達也與深雪的從表弟。
和姊姊亞夜子是雙胞胎。
第四高中的學生。

部分插圖協助／魔法科高中製作委員會

安潔莉娜・庫都・希爾茲

USNA魔法師部隊「STARS」的總隊長。
階級是少校。暱稱是莉娜。
也是戰略級魔法師「十三使徒」之一。

瓦吉妮雅・巴藍斯

USNA統合參謀總部情報部內部監察局第一副局長。
階級是上校。來到日本支援莉娜。

希兒薇雅・瑪裘利・法斯特

USNA魔法師部隊「STARS」的行星級魔法師。階級是准尉。
暱稱是希兒薇，姓氏來自軍用代號「第一水星」。
在日本執行作戰時，擔任希利鄔斯少校的輔佐。

班哲明・卡諾普斯

USNA魔法師部隊「STARS」的第二把交椅。
階級是少校。希利鄔斯少校不在時的
代理總隊長。

米卡艾拉・弘格

USNA派到日本的間諜
（正職是國防總署的魔法研究人員）。
暱稱是米亞。

克蕾雅

獵人Q——沒能成為「STARS」的
魔法師部隊「STARDUST」的女兵。
Q意味著追蹤部隊的第17順位。

亞弗列德・佛瑪浩特

USNA魔法師部隊「STARS」的一等星魔法師。
階級是中尉。暱稱是弗列迪。
逃離STARS。

瑞琪兒

獵人R——沒能成為「STARS」的
魔法師部隊「STARDUST」的女兵。
R意味著追蹤部隊的第18順位。

查爾斯・沙立文

USNA魔法師部隊「STARS」的衛星級魔法師。
別名「第二魔星」。
逃離STARS。

雷蒙德・S・克拉克

雫留學的USNA柏克萊某高中的同學。
是名動不動就主動和雫示好的白人少年。
真實身分是「七賢人」之一。

顧 傑

「七賢人」之一。別名紀德・黑顧，
大漢軍方術士部隊的倖存者。

Glossary
用語解說

魔法科高中
國立魔法大學附設高中的通稱，全國總共設立九所學校。
其中的第一至第三高中，每學年招收兩百名學生，
並且分為一科生與二科生。

花冠、雜草
第一高中用來形容一科生與二科生階級差異的隱語。
一科生制服的左胸口繡著以八枚花瓣組成的徽章，
不過二科生制服沒有。

一科生的徽章

CAD
簡化魔法發動程序的裝置，
內部儲存使用魔法所需的程式。
分成特化型與泛用型，外型也是各有不同。

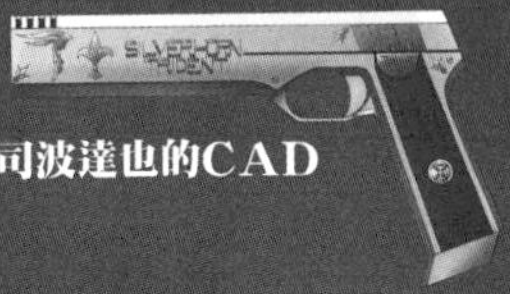

司波達也的CAD

Four Leaves Technology〔FLT〕
國內一家CAD製造公司。
原本該公司製造的魔法工學零件比成品有名，
但在開發「銀式」之後，
搖身一變成為知名的CAD製造公司。

托拉斯・西爾弗
短短一年就讓特化型CAD的軟體技術進步十年，
而為人所稱頌的天才技師。

司波深雪的CAD

Eidos〔個別情報體〕
原為希臘哲學用語。在現代魔法學，個別情報體指的是
「伴隨事物現象而來的情報」，是「事象」曾經存在於
「世界」的記錄，也可以說是「事象」留在「世界」的足跡。
依照現代魔法學的定義，「魔法」就是修改個別情報體，
藉以改寫個別情報體所代表的「事象」的技術。

Idea〔情報體次元〕
原為希臘哲學用語。在現代魔法學，情報體次元指的是「用來記錄個別情報體的平台」。
魔法的原始形態，就是將魔法式輸入這個名為「情報體次元」的平台，
改寫平台裡「個別情報體」的技術。

啟動式
為魔法的設計圖，用來構築魔法的程式。
啟動式的資料檔案，是以壓縮形式儲存在CAD，魔法師輸入想子波展開程式之後，
啟動式會依照資料內容轉換為訊號，並且回傳給魔法師。

想子
位於靈異現象次元的非物質粒子，記錄認知與思考結果的情報元素。
成為現代魔法理論基礎的「個別情報體」，成為現代魔法骨幹的「啟動式」和
「魔法式」技術，都是由想子建構而成。

靈子
位於靈異現象次元的非物質粒子。雖然已經確認其存在，但是形態與功能尚未解析成功。
一般的魔法師，頂多只能「感覺到」活化狀態的靈子。

魔法師
「魔法技能師」的簡稱。能將魔法施展到實用等級的人，統稱為魔法技能師。

魔法式
用來暫時改變伴隨事物現象而來的情報之情報體。由魔法師持有的想子構築而成。

魔法演算領域

構築魔法式的精神領域，也就是魔法資質的主體。該處位於魔法師的潛意識領域，魔法師平常可以意識到魔法演算領域並且使用，卻無法意識到內部的處理過程。對魔法師本人來說，魔法演算領域也堪稱是個黑盒子。

魔法式的輸出程序

❶從CAD接收啟動式，這個步驟稱為「讀取啟動式」。
❷在啟動式加入變數，送入魔法演算領域。
❸依照啟動式與變數構築魔法式。
❹將構築完成的魔法式，傳送到潛意識領域最上層暨意識領域最底層的「基幹」，從意識與潛意識之間的「閘門」輸出到情報體次元。
❺輸出到情報體次元的魔法式，會干涉指定座標的個別情報體進行改寫。

「實用等級」魔法師的標準，是在施展單一系統暨單一工序的魔法時，於半秒內完成這些程序。

魔法的評價基準（魔法力）

構築想子情報體的速度是魔法的處理能力、
構築情報體的規模上限是魔法的容納能力、
魔法式改寫個別情報體的強度是魔法的干涉能力，
這三項能力總稱為魔法力。

始源碼假說

主張「加速、加重、移動、振動、聚合、發散、吸收、釋放」四大系統八大種類的魔法，各自擁有正向與負向共計十六種基礎魔法式，以這十六種魔法式搭配組合，就能構築所有系統魔法的理論。

系統魔法

歸類為四大系統八大種類的魔法。

系統外魔法

並非操作物質現象，而是操作精神現象的魔法統稱。
從使喚靈異存在的神靈魔法、精靈魔法，或是讀心、靈魂出竅、意識操控等，包括的種類琳瑯滿目。

十師族

日本最強的魔法師集團。一条、一之倉、一色、二木、二階堂、二瓶、三矢、三日月、四葉、五輪、五頭、五味、六塚、六角、六鄉、六本木、七草、七寶、七夕、七瀨、八代、八朔、八幡、九島、九鬼、九頭見、十文字、十山共二十八個家系，每四年召開一次「十師族甄選會議」，選出的十個家系就稱為「十師族」。

含數家系

如同「十師族」的姓氏有一到十的數字，「百家」之中的主流家系姓氏也有十一以上的數字，例如「『千』代田」、「『五十』里」、「『千』葉」家。
數字大小不代表實力強弱，但姓氏有數字就代表血統純正，可以作為推測魔法師實力的依據之一。

失數家系

亦被簡稱「失數」，是「數字」遭受剝奪的魔法師族群。
昔日魔法師被視為兵器暨實驗樣本的時候，評定為「成功案例」得到數字姓氏的魔法師，要是沒有立下「成功案例」應有的成績，就得接受這樣的烙印。

各式各樣的魔法

● 悲嘆冥河

凍結精神的系統外魔法。凍結的精神無法命令肉體死亡，
中了這個魔法的對象，肉體將會隨著精神的「靜止」而停止、僵硬。
依照觀測，精神與肉體的相互作用，也可能導致部分肉體結晶化。

● 地鳴

以獨立情報體「精靈」為媒介振動地面的古式魔法。

● 術式解散

把建構魔法的魔法式，分解為構造無意義的想子粒子群的魔法。
魔法式作用於伴隨事象而來的情報體，基於這種性質，魔法式的情報結構一定會曝光，無法防止外力進行干涉。

● 術式解體

將想子粒子群壓縮成塊，不經由情報體次元直接射向目標物引爆，摧毀目標物的啟動式或魔法式這種紀錄魔法的想子情報體，屬於無系統魔法。
即使歸類為魔法，但只是一種想子砲彈，結構不包含改變事象的魔法式，因此不受情報強化或領域干涉的影響。此外，砲彈本身的壓力也足以反彈演算干擾的影響。由於完全沒有物理作用力，任何障礙物都無法防堵。

● 地雷原

泥土、岩石、砂子、水泥，不拘任何材質，
總之只要是具備「地面」概念的固體，就能施以強力振動的魔法。

● 地裂

由獨立情報體「精靈」為媒介，以線形壓潰地面，
使地面乍看之下彷彿裂開的魔法。

● 乾冰雹暴

聚集空氣中的二氧化碳製作成乾冰粒，
將凍結過程剩餘的熱能轉換為動能，高速射出乾冰粒的魔法。

● 迅襲雷蛇

在「乾冰雹暴」製造乾冰顆粒時，凝結乾冰氣化產生的水蒸氣，
溶入二氧化碳氣體使其形成高導電霧，再以振動系與釋放系魔法產生摩擦靜電。以溶入碳酸的水霧或水滴為導線，朝對方施展電擊的組合魔法。

● 冰霧神域

振動減速系廣域魔法。冷卻大容積的空氣並操縱其移動，
造成廣範圍的凍結效果。
簡單來說，就像是製造超大冰箱一樣。
發動時產生的白霧，是在空中凍結的冰或乾冰。
但要是提升層級，有時也會混入凝結為液態氮的霧。

● 爆裂

將目標物內部液體氣化的發散系魔法。
如果是生物就是體液氣化導致身體破裂，
如果是以內燃機為動力的機械就是燃料氣化爆炸。
燃料電池也不例外。即使沒有搭載可燃的燃料，無論是電池液、油壓液、冷卻液或潤滑液，世間沒有機械不搭載任何液體，因此只要「爆裂」發動，幾乎所有機械都會毀損而停止運作。

● 亂髮

不是指定角度改變風向，而是為了造成「絆腳」的含糊結果操作氣流，以極接近地面的氣流促使草葉纏住對方雙腳的古式魔法。只能在草長得夠高的原野使用。

魔法劍

使用魔法的戰鬥方式，除了以魔法本身為武器作戰，還有以魔法強化、操作武器的技術。
以魔法配合槍、弓箭等射擊武器的術式為主流，不過在日本，劍技與魔法組合而成的「劍術」也很發達。
現代魔法與古式魔法兩種領域，都開發出堪稱「魔法劍」的專用魔法。

1.高頻刃

高速振動刀身，接觸物體時傳導超越分子結合力的振動，將固體局部液化之後斬斷的魔法。和防止刀身自我毀壞的術式配套使用。

2.壓斬

使劍尖朝揮砍方向的水平兩側產生排斥力，將劍刃接觸的物體像是左右推壓般割斷的魔法。排斥力場細得未滿一公釐，強度卻足以影響光波，因此從正面看劍尖是一條黑線。

3.童子斬

被視為源氏祕劍而相傳至今的古式魔法。遙控兩把刀再加上手上的刀，以三把刀包圍對手並同時砍下的魔法劍技。以同音的「童子斬」隱藏原本「同時斬」的意義。

4.斬鐵

千葉一門的祕劍。不是將刀視為鋼塊或鐵塊，而是定義為「刀」這種單一概念，依循魔法式所設定的刀路而動的移動系統魔法。被定義為單一概念的「刀」如同單分子結晶之刃，不會折斷、彎曲或缺角，將會沿著刀路劈開所有物體。

5.迅雷斬鐵

以專用武裝演算裝置「雷丸」施展的「斬鐵」進化型。將刀與劍士定義為單一集合概念，因此從接觸敵人到出招的一連串動作，都能毫無誤差地高速執行。

6.山怒濤

以全長一八〇公分的大型專用武器「大蛇丸」所施展的千葉一門的祕劍。將己身與刀的慣性減低到極限並高速接近對手，在交鋒瞬間將至今消除的慣性疊加，提升刀身慣性後砍向對方。這股偽造的慣性質量和助跑距離成正比，最高可達十噸。

7.薄翼蜻蜓

將奈米碳管編織為厚度十億分之五公尺的極致薄膜，再以硬化魔法固定為全平面而化為刀刃的魔法。薄翼蜻蜓製成的刀身比任何刀劍或剃刀都要銳利，但術式不支援揮刀動作，因此術士必須具備足夠的刀劍造詣與臂力。

魔法技能師開發研究所

西元二〇三〇年代，日本政府因應第三次世界大戰當前而緊張化的國際情勢，接連設立開發魔法師的研究所。研究目的不是開發魔法，始終是開發魔法師，為了製造出最適合使用所需魔法的魔法師，基因改造也在研究範圍。

魔法技能師開發研究所設立了第一至第十共十所，至今依然有五所運作中。

各研究所的細節如下所述：

魔法技能師開發第一研究所

二〇三一年設立於金澤市，現在已關閉。

開發主題是進行對人戰鬥時直接干涉生物體的魔法。氣化魔法「爆裂」是衍生形態之一。不過，操作人體動作的魔法可能會引發傀儡攻擊（操作他人進行的自殺式恐怖攻擊），因此禁止研發。

魔法技能師開發第二研究所

二〇三一年設立於淡路島，運作中。

和第一研的主題成對，開發的魔法是干涉無機物的魔法。尤其是關於氧化還原反應的吸收系魔法。

魔法技能師開發第三研究所

二〇三二年設立於厚木市，運作中。

目的是開發出能獨力應付各種狀況的魔法師，致力於多重演算的研究。尤其竭力實驗測試可以同時發動、連續發動的魔法數量極限，開發可以同時發動複數魔法的魔法師。

魔法技能師開發第四研究所

詳情不明，推測位於前東京都與前山梨縣的界線附近，設立時間則估計是二〇三三年。現在宣稱已經關閉，而實際狀況也不明。只有前第四研不是由政府，而是對國家具備強大影響力的贊助者設立。傳聞現在該研究所從國家獨立出來，接受贊助者的支援繼續運作，也傳聞該贊助者實際上從二〇二〇年代之前就經營著該研究所。

據說其研究目標是試圖利用精神干涉魔法，強化「魔法」這種特異能力的源泉，也就是魔法師潛意識領域的魔法演算領域。

魔法技能師開發第五研究所

二〇三五年設立於四國的宇和島市，運作中。

研究的是干涉物質形狀的魔法。主流研究是技術難度較低的流體控制，但也成功研究出干涉固體形狀的魔法。其成果就是和USNA共同開發的「巴哈姆特」。加上流體干涉魔法「深淵」，該研究所開發出兩個戰略級魔法，是國際聞名的魔法研究機構。

魔法技能師開發第六研究所

二〇三五年設立於仙台市，運作中。

研究如何以魔法控制熱量。和第八研同樣偏向是基礎研究機構，相對的缺乏軍事色彩。不過除了第四研，據說在魔法技能師開發研究所之中，第六研進行基因改造實驗的次數最多（第四研實際狀況不明）。

魔法技能師開發第七研究所

二〇三六年設立於東京，現在已關閉。

主要開發反集團戰鬥用的魔法，群體控制魔法為其成果。第六研的軍事色彩不強，促使第七研成為兼任戰時首都防衛工作的魔法師開發研究設施。

魔法技能師開發第八研究所

二〇三七年設立於北九州市，運作中。

研究如何以魔法操作重力、電磁力與各種強弱不同的交互作用力。基礎研究機構的色彩比第六研更濃厚，但是和國防軍關係密切，這一點和第六研不同。部分原因在於第八研的研究內容很容易連結到核武開發，在國防軍的保證之下，才免於被質疑暗中開發核武。

魔法技能師開發第九研究所

二〇三七年設立於奈良市，現在已關閉。

研究如何將現代魔法與古式魔法融合，試圖藉由讓現代魔法吸收古式魔法的相關知識，解決現代魔法不擅長的各種課題（例如模糊不明確的術式操作）。

魔法技能師開發第十研究所

二〇三九年設立於東京，現在已關閉。

和第七研同樣兼具防衛首都的目的，研究如何在空間產生虛擬結構物的領域魔法，作為遭遇高火力攻擊的防禦手段。各式各樣的反物理護壁魔法為其成果。

此外，第十研試圖使用不同於第四研的手段激發魔法能力。具體來說，他們致力開發的魔法師並非強化魔法演算領域本身，而是能讓魔法演算領域暫時超頻，因應需求使用強力的魔法。但是成功與否並未公開。

除了上述十間研究所，開發元素家系的研究所從二〇一〇年代運作到二〇二〇年代，但現今全部關閉。此外，國防軍在二〇〇二年設立直屬於陸軍總司令部的祕密研究機構，至今依然獨自進行研究。九島烈加入第九研之前，都在這個研究機構接受強化處置。

戰略級魔法師——十三使徒

現代魔法是在高度科技之中培育而成，因此能開發強力軍事魔法的國家有限，導致只有少數國家能開發匹敵大規模破壞兵器的戰略級魔法。

不過，開發成功的魔法會提供給同盟國，高度適合使用戰略級魔法的同盟國魔法師，也可能被認證為戰略級魔法師。

在2095年4月，各國認定適合使用戰略級魔法，並且對外公開身分的魔法師共十三名。他們被稱為「十三使徒」，公認是世界軍事平衡的重要因素。

十三使徒的國籍、姓名與戰略級魔法名稱如下所述：

USNA

安吉・希利鄔斯：「重金屬爆散」
艾里歐特・米勒：「利維坦」
羅蘭・巴特：「利維坦」
※其中只有安吉・希利鄔斯任職於STARS。艾里歐特・米勒位於阿拉斯加基地，羅蘭・巴特位於國外的直布羅陀基地，兩人基本上不會出動。

新蘇維埃聯邦

伊果・安德烈維齊・貝佐布拉佐夫：
「水霧炸彈」
列昂尼德・肯德拉切科：
「大地紅軍」
※肯德拉切科年事已高，基本上不會離開黑海基地。

大亞細亞聯盟

劉雲德：「霹靂塔」
※劉雲德已於2095年10月31日的對日戰鬥中戰死。

印度、波斯聯邦

巴拉特・錢德勒・坎恩：
「神焰沉爆」

日本

五輪 澪：「深淵」

巴西

米吉爾・迪亞斯：「同步線性融合」
※魔法式為USNA提供。

英國

威廉・馬克羅德：「臭氧循環」

德國

卡拉・施米特：「臭氧循環」
※臭氧循環的原型，是分裂前的歐盟因應臭氧層破洞而共同研發的魔法。後來由英國完成，依照協定向前歐盟各國公開魔法式。

土耳其

阿里・夏亨：「巴哈姆特」
※魔法式為USNA與日本所共同開發完成，由日本主導提供。

泰國

梭姆・查伊・班納克：「神焰沉爆」
※魔法式為印度、波斯聯邦提供。

The International Situation

2096年現在的世界情勢

以全球寒冷化為直接契機的第三次世界大戰——二十年世界連續戰爭大幅改寫了世界地圖。世界現狀如下所述：

USA合併加拿大以及墨西哥到巴拿馬等各國，組成北美利堅大陸合眾國（USNA）。

俄羅斯再度吸收烏克蘭與白俄羅斯，組成新蘇維埃聯邦（新蘇聯）。

中國征服緬甸北部、越南北部、寮國北部以及朝鮮半島，組成大亞細亞聯盟（大亞聯盟）。

印度與伊朗併吞中亞各國（土庫曼、烏茲別克、塔吉克、阿富汗）以及南亞各國（巴基斯坦、尼泊爾、不丹、孟加拉、斯里蘭卡），組成印度、波斯聯邦。

亞洲阿拉伯其餘國家，分區締結軍事同盟，對抗新蘇聯、大亞聯盟以及印度、波斯聯邦三大國。

澳洲選擇實質鎖國。

歐洲整合失敗，以德國與法國為界分裂為東西兩側。東歐與西歐也沒能各自整合為單一國家，團結力甚至不如戰前。

非洲各國半數完全消滅，倖存的國家也只能勉強維持都市周邊的統治權。

南美除了巴西，都處於地方政府各自為政的小國分立狀態。

The irregular at magic high school

〔1〕

下課鐘聲響起。

即使現在全部都改成線上教學課程，沒有老師在講台上頭監視學生，放學給人的解放感依然不變。

今天的校內特別喧嚷。

這也是當然的吧。畢竟今天是西元二〇九六年十二月二十五日，星期二。也是二〇九六年度第二學期最後一天。

這一天和往常不同的是只有上午要上課，不舉辦相當於結業典禮的儀式。

也不會發成績單。成績表現完全由學生自己負責，只有在晉級或畢業上岌岌可危的學生會由校方通知學生的監護人。

即使如此，學生們還是會自己上網查詢包含了不考段考的普通科目在內的總成績，使得第一高中出現「表情愉快」與「表情沮喪」的兩種學生。

新設立的魔法工學科——某種意義上屬於特殊班級的二年E班也不例外，而達也也和同學一樣會確認成績。雖說加入魔工科之後變得可以不必過度在意實技成績，達也依然會在意是否有湊齊畢業所需的學分。

確認成績還算滿意之後，達也便以行動終端機下載自己的成績單，準備離席。此時，他感覺鄰座傳來強烈的視線，轉頭望向視線來源。

「美月，有什麼事嗎？」

對於達也這個提問，美月回答得不太乾脆。

「不……沒事。」

美月想詢問達也的成績如何，這個大家在這時期一定會問的問題。但是一旦問出口，她也非得說出自己的成績，所以又打消了念頭。美月的成績也是高於全班平均的好成績，可是她卻沒勇氣在問完達也的成績之後公開自己的成績。

「這樣啊。那麼，晚點見了。」

「好的，晚點見。」

彼此這樣問候之後，達也便動身前往學生會室，美月則前往美術室。

天色完全變暗的下午五點半，結束社團活動與學生會活動的達也等人聚集在艾尼布利榭。位於通學道路一旁巷子內的這間咖啡廳，完全成為了達也他們的聚會場所。不過眾人平常也只是在放學後簡短聚會，不會在裡頭大聲喧嘩或是汙損裝潢擺飾，所以他們在店家眼裡應該也是優良的常客吧。

「那麼，雖然晚了一天，不過請各位別在意，一起跟我說！」

艾莉卡帶頭高呼。

「聖誕快樂！」

眾人也跟著齊聲高喊：

「聖誕快樂！」

達也等人包下艾尼布利榭，在這個時間舉辦晚一天的聖誕派對。

「謝謝各位的唱和！不過說真的，其實我更想在天黑之前慶祝就是了。」

「這也沒辦法啊。艾莉卡也有社團活動不是嗎？」

深雪說完，艾莉卡露出了苦笑。

「我的社團就算中途偷溜也不會被罵得太凶，深雪就不行了。畢竟妳是學生會長嘛。」

「不只是我喔。像吉田同學是風紀委員長，雫也有風紀委員的值勤工作啊。」

深雪一提及，幹比古就害羞地笑了出來，雫也點點頭，簡短回應了一聲「嗯」。

「說得也是。不過雷歐就另當別論了。」

「『另當別論』是怎樣？」

「像穗香也是學生會幹部，而且達也同學是『書記長』呢。」

艾莉卡把雷歐的抗議當成耳邊風，將視線投向穗香，再移到達也身上。

「有什麼關係嘛，雖然晚了一天，大家還是像這樣齊聚一堂了啊。」

達也的回應略微偏離論點，但艾莉卡不以為意，點了點頭說聲：「也對。」

「畢竟昨天很多人都有預排的行程嘛。」

雫昨天去出席父親所經營的公司的宴會。穗香也因為她「等同於自己女兒」的理由而被拉去參加。

幹比古則被拖去參加家裡門下年輕學徒舉辦的派對。參加成員的女性比率偏高，幹比古一直拒絕參加，但聽到哥哥拜託他幫忙監督，還是沒辦法堅持下去。

而說出這種話的艾莉卡自己也是因為家裡的要求，而被拉著到處跑。不過她並不是參加千葉家主辦的聖誕派對，而是和長兄壽和一起被叫去參加關東地區警方的宴會。身為當家的父親要出席有力政治家的宴會，所以兩人需要代替父親去參加。至今老是被當成不能見光的女兒，現在卻要我參加這種活動？——艾莉卡雖這麼想，但她覺得要是把這話講出來，就好像輸給父親一樣，結果還是不情不願地陪同壽和參加。如果壽和已經結婚或訂婚的話，這種工作就不會落到自己身上了，所以艾莉卡頻頻針對此事挖苦長兄來洩憤。

基於上述原因，昨天辦不成的聖誕派對才會改到今天舉辦。

順帶一提，參加的成員只有達也、深雪、艾莉卡、雷歐、美月、幹比古、穗香以及雫等二年級學生。水波被一年C班的同學邀請參加另一場派對了。那一群人也是基於和艾莉卡他們類似的理由，無法在聖誕夜舉辦派對。地點是在某間知名餐廳，端出來的料理比達也等人的派對豪華許多。同樣就讀一年C班的香澄也有參加那場派對，而泉美則是被香澄拖去參加。

香澄與泉美昨晚一直在招待七草家旗下企業幹部的宴會裡應酬恭維，所以她們今天應該會盡情放鬆一下。雖然擔心兩人可能會放鬆過了頭，不過同班同學之間不會太拘束，即使過火一點，應該也會睜隻眼閉隻眼吧。推測泉美是基於這樣的打算，才沒堅持和深雪參加相同派對。

因此，達也等人這邊也成了只有同學年同學參加，無須拘謹的茶會。

但眾人和水波他們不同，計劃等回家後再好好吃頓晚餐。蛋糕也是請店長幫每個人準備比起份量，更重視味道的小片蛋糕。大家的嘴巴不用忙於飲食，聊得更是愉快——雖然雷歐可能會對「愉快」這詞提出異議，不過直到晚間七點的一個半小時中，眾人的聊天也確實幾乎沒停過。

「今年也快結束了呢……」

時間來到即將散會的時候，美月會感慨地說出這句話，肯定是因為這段熱絡的閒聊時光讓她感到很快樂。

「今年很和平呢。」

不曉得艾莉卡是不是不喜歡感傷氣氛，以開朗的聲音回應。

「是嗎……我倒覺得今年發生了不少事。」

幹比古這番話是他反射性打自內心吐露出的想法。

「畢竟有發生吸血鬼騷動嘛。」

「還有琵庫希表白事件之類的。」

不過，穗香接在幹比古後面的無心之言，卻引來雫這句犀利的吐槽，引得眾人一笑。

「雫！不要講這個啦！」

即使穗香很可憐，但是以結果來說，這句話算是回得很妙吧。

「我不是想幫艾莉卡說話，不過和去年比起來還算和平吧？畢竟沒有被捲進橫濱事變那樣的騷動裡。」

「每年都發生那種事還得了啊。」

雷歐說完，達也迅速笑著反駁。

「說得也是。」

不只是雷歐，大家都發出了同意的笑聲。

「達也同學。」

到了預定散會的晚間七點，所有人很有教養（沒有拖拖拉拉的意思）走到店外後，穗香隨即

「明年要不要也一起去新年參拜？」

轉過頭的達也還沒回應，穗香就先開口邀他一起去新年參拜。

「新年參拜啊……」

穗香對達也這句話反應過度，慌張地搖起手。

「啊，是大家……大家一起啦。這次雫也會一起去，艾莉卡也說可以參加。」

看來穗香已經安排好了。可以感覺到一股不是只受情緒驅使，也不是臨場邀請的幹勁。

「……抱歉。」

所以，達也對於自己必須這樣回應感到非常過意不去。

「我與深雪在這次元旦有一個完全推不掉的行程。」

穗香受到沉重的打擊，大概是沒想到會被拒絕吧。

「抱歉，難得妳邀請我……」「沒關係。」

不過，達也還沒道歉完，穗香就將僵硬的表情轉為笑容，打斷他的話語。

「是很重要的行程吧？那就沒辦法了。」

雖然她的笑容絕對稱不上自然，總之穗香還是在沒有陷入鬱悶的狀態下講完了整段話。

看到她展現如此明顯的貼心舉動，達也實在無法冷漠以對。

「改天再邀我吧。」

達也如此改口，代替道歉。

就這樣，達也與穗香的對話並未冒出尷尬氣氛就圓滿收場了。但達也身邊的深雪卻一臉憂鬱地低著頭。

「深雪，妳怎麼了？」

率先察覺異狀的雫語帶擔心地詢問。深雪原本就白的肌膚毫無血色，簡直像病人一樣。

「身體不舒服嗎？」

雫懷疑深雪可能是突然生病了。

「……不，我沒事。謝謝。」

如此回答的深雪臉色依然蒼白，笑容也很虛弱。這種完全是弱女子的模樣就某方面來說和深雪的容貌相當搭配，但看她突然失常到這種程度，身為朋友實在無法從容講出這種話。

但艾莉卡看到深雪的氣色，卻也不覺得是很嚴重的事。

「真是的，只是不去新年參拜而已，用不著這麼在意啦。像我明明沒什麼重要行程，今年卻也對不起好友了。穗香也說了，深雪有重要的事情對吧？既然這樣，妳那邊忙完再跟我們聯絡，到時候大家再找個地方出遊吧！」

艾莉卡並非比雫無情。如果深雪身體發生必須治療的問題，達也應該會有所反應。艾莉卡認為既然沒反應，那深雪不對勁的原因就是心理因素，才會以激勵的方式讓她內心舒服一點。

「也對。事情告一段落後，我再聯絡各位。」

深雪掛著比剛才好一點的微笑，點頭說道。即使如此，她的肌膚依然呈現毫無血色的不健康模樣。

◇ ◇ ◇

深雪身體失調是暫時性的，抵達家裡時，她的臉色也已經恢復原樣了。

艾莉卡的推理說中了。深雪看起來很虛弱並非身體疾病使然。這對達也來說一目了然。

深雪臉色蒼白的原因是心理上受到打擊。因為「元旦有什麼計畫」這個關鍵字使她自動——也就是違背她己身的意志，回想起這幾天令她傷神的事。達也也知道這一點。

「深雪，要不要回房間休息一下？晚餐晚點再準備沒關係。」

所以，就算沒藉由派對的簡餐與甜點稍微滿足食慾，達也也一定會這樣指示。

「這可不行！」

深雪反射性地出聲反駁。

「……不，我知道了。」

但她立刻自覺現在的身體狀況，遠遠不及可以提供哥哥最佳服侍的狀態。

「方便容我休息一小時左右嗎？」

就算這樣，深雪也不是單純乖乖聽從哥哥吩咐，而是為讓哥哥久候一事請求原諒。

「當然。畢竟建議妳最好休息一下的人就是我啊。」

達也笑著如此回答。

「不對……深雪，妳回房休息到身體狀況復原吧。」

但他又立刻改口。

「是，哥哥。我會遵照您的吩咐。」

深雪簡單行禮致意。達也把說法從「建議」改為「命令」，大幅減少了她的罪惡感。

嚴冬的寒氣使得二樓臥室冰冷至極。即使是活用隔熱建材的現代建築，也很難在十二月下旬時保存室內的暖氣十二小時以上。

不過，卻可以在戶外命令家庭自動化系統配合返家時間，預先暖和屋內。這在現今是理所當然的技術。

然而，深雪從未使用過這個功能。

因為這對她來說沒必要。

深雪打開門，朝冰涼的臥室一瞥。

光是這個動作，室溫就會上升至令人感到舒適的等級。

這種程度的魔法，深雪不需要ＣＡＤ的協助就能施放。

深雪進房關上門後，才打開暖氣。因為空調比魔法更適合持續為室內空氣加溫。

接著，她脫掉大衣與制服。

她再怎麼疲累，也不會將脫下的衣服扔在床上或椅子上。她將長大衣、制服外套、襯衣與連身裙掛在衣架上，然後打開衣櫃物色今天所要穿的便服。她拿起鮮少在家裡穿的合身寬鬆連身長裙，將手套進袖子裡時，視線不經意地停留在鏡中映出的信件收納盒上。

換好衣服的深雪坐到書桌前面，伸手從收納盒裡拿起一封信。

深雪不用親眼檢視，也知道信裡的信紙寫了什麼，而且真的是每字每句都熟讀到滾瓜爛熟。但深雪卻像是受到操縱般，從信封中取出信紙，並將其攤開。

使用邀請函格式的這封信件，內容是「命令」收件者參加四葉本家舉辦的元旦聚會——「慶春會」。

去年與前年，深雪都有造訪本家恭賀新年，卻沒在分家當家們齊聚一堂的慶春會露面。雖然沒出席的最大理由是「並未接到邀請」，但深雪也因此得以避免見到分家的當家。她無法忍受分家當家們對達也展現的傲慢言行。

然而今年卻由真夜直接邀請……更正，是命令出席，而且還使用了有真夜親筆簽名的信函。即使深雪再怎麼不願意，也無法迴避這個命令。無論分家的人們對達也擺出何種態度，深雪也無權「阻止」他們。深雪從現在就開始擔心自己可以忍耐到何種程度了。

不過，相較於看不見出口的這個煩惱，那些都只是小事。

深雪不是隱約，而是抱持堅定的確信，察覺自己為何被叫去參加一族齊聚一堂的聚會。

——姨母終於要指定下任當家了。

——姨母將指名自己成為下任當家。

現在的深雪並沒有想得到當家寶座的意願。

她曾經想成為適任當家的人。不過歷經四年前夏天的那一天後，這個想法也消失了。

她原本就沒有「想成為當家」的念頭，只是周圍的大人一直說「妳適合成為當家」，才讓她心裡浮現了這個意願。不對，就「有意願」這一點來說，深雪的想法未曾改變。

四葉家的當家，是由該世代最優秀（不是最強）的魔法師擔任。經過篩選，留到現在的下任當家候選人共有四人：司波深雪、黑羽文彌、津久葉夕歌、新發田勝成。而且在剩下的四人之中，深雪正是最優秀的魔法師——本家的幫傭們一直對她這麼說。

不過首席管家葉山、負責武力調度的第二管家花菱、管理魔法師調校設施的第三管家紅林等在傭人之中最接近四葉中樞的人們，就不會隨便講這種話。但是地位在他們之下的人們，都稱讚深雪正是最優秀的候選人。不是阿諛奉承，是由衷天真地這麼說。

深雪也認為自己的魔法力在四名下任當家候選人之中最為優秀。她有自信這不是自己被奉承到得意忘形，而是客觀的判斷。不過「自己是一族年齡相仿者中最優秀的魔法師，所以會被指名擔任下任當家」這個想法本身，就證明了她確實是被植入四葉的價值觀，而有這個「意願」。

只是，如果有人問深雪：「妳想成為當家嗎？」深雪應該會回答：「沒興趣。」如果可以辭退下任當家的地位，深雪肯定會做出這個選擇。因為當家的工作必然會奪走她服侍哥哥的時間。

但同時，深雪也沒想過「拒絕接下四葉家當家的地位」。她覺得如果只能造福自己，這個地位就毫無價值，但要是自己成為當家能改善哥哥的待遇，那成為當家也不壞。

若成為一族當家的守護者，至少應該不會被傭人們鄙視，也可以要求分家的人們表現一定程度的敬意。如果不是為了自己，而是為了哥哥，深雪覺得自己可以忍受當家的地位。

被指名為下任當家，並不會令深雪感到憂鬱。問題在於坐上當家寶座，必定會有「結婚對象」這種人物隨之而來。

這個社會原本就鼓勵魔法師早婚。只要不像姨母真夜和五輪澪那樣有特殊隱情，就不被允許終生單身。魔法師表面上擁有基本人權，不會因為沒結婚就受到法律處罰，但這麼做絕對會遭到魔法師社群排擠。四葉在局外人眼中是孤傲的存在，不過既然是自認帶領著日本魔法界的十師族一分子，就不能不在意同為魔法師之人的評價。

就這點來說，或許正因為真夜單身，其他十師族更會要求四葉的下任當家早點結婚。即使不是被指名為下任當家之後就立刻被迫結婚，也肯定會被塞一個訂婚對象。

——自己和哥哥以外的某人結婚。

——自己成為哥哥以外某人的妻子。

如果單論這件事，深雪已經看開了。既然世間不承認親兄妹結婚，身為魔法師的自己又沒有堅持單身的自由，那麼對於深雪來說，和哥哥以外的男性結婚也是無可奈何的一件事。

深雪摺好信紙收回信封，在將信封放回收納盒之後起身。

她坐在鏡台前面，在心中對鏡子裡的自己說話。

（……沒錯，這是沒辦法的事。我無法改變什麼。）

鏡子裡的深雪詢問深雪的內心：

『真的沒辦法？妳真的可以接受這樣的結果？』

從鏡子傳回來的聲音，聽起來比現在的自己稍微年幼。

（對……我和哥哥是兄妹的事實無從顛覆。我只能接受這個事實，而且我也接受了。）

深雪如此勸告鏡中的少女——勸告自己。

『騙人！我才沒接受這個事實！』

鏡子裡的「深雪」比她年幼一些，也因而率直了一點。

（無論再怎麼不想接受，妳也必須接受啊，「深雪」。因為我和哥哥是親兄妹啊。）

『只因為是親兄妹，就非得死心不可嗎？』

（不是死不死心的問題。兄妹不能結婚。我打從一開始就知道這件事，也不希望哥哥將我視為一個女性來愛我。「放棄未曾希望的事情」這種說法不是很奇怪嗎？）

『騙人！既然是這樣的話，那「深雪」為什麼這麼討厭素昧平生，甚至不曉得是否存在的訂婚對象？』

（結婚生子之後，就得盡到當母親的義務吧？這樣就不能只服侍哥哥了。）

『養小孩的工作交給保姆不就好了？這不是四葉當家在工作之餘還能勝任的工作。反正也不可能一直跟在孩子身邊。』

深雪目不轉睛地注視鏡中那張自己的臉。她沒發覺自己的藉口粗糙到這麼容易被駁倒。

鏡子裡的少女繼續對她說話。責問老是講表面話，不肯面對內心真正想法的深雪。

『就算和別的男人結婚，也不愁找不到成為哥哥助力的方法。沒有必要把只為了履行魔法師義務而結婚的對象視為丈夫去愛他。只要履行了生小孩的義務，大家都不會抱怨。「深雪」，妳真正討厭的，應該不是結婚這件事本身。』

（別再說了。）

深雪很想掩住耳朵。

『「深雪」，妳的真心話是……』

（別再說了！）

想將視線從鏡子裡的自己身上撇開。

『妳真正討厭的事……』

（別再說了……！）

然而，即使她用力搖頭，也無法從鏡子前面起身離開。

『是嫁給哥哥以外的男性。』

她的內心，已經連出聲制止自己都做不到了。

『是將身體獻給哥哥以外的男性。』

映在鏡子裡的，是目露恐懼的自己。是為一直不去思考的真正想法感到恐懼的自己。

『是無法成為哥哥的新娘。是無法將身體獻給哥哥。是無法以一個女性的身分，得到哥哥的愛呀！』

「啊啊……！」

深雪的嘴唇流露出悲嘆，身體從鏡台前的椅子滑落到地上。

鏡子離開視野後，詛咒的束縛也隨之解除。

「因為……這是沒辦法的事啊……」

她的心意化為聲音宣洩出來，使得分裂的情感合而為一。

「因為我是哥哥的妹妹啊……哥哥和我是親兄妹啊……」

激動得再也無法只留在心底的情感，接連溢出嘴唇。

「身為妹妹的我要以一個女人的身分去愛親哥哥，是不被允許的事。這個社會不會允許這種事發生。哥哥肯定也認為這樣不正常，覺得這樣很噁心。」

深雪在只有她一個人的房間裡，率直說出自己的心意。正因為沒有人聽到，她才有辦法變得坦率。

她這段話語，不是能告訴任何人的東西。

她這段話語並非懺悔。

「我不在乎整個社會怎麼想。就算被人指指點點或被排擠都無妨。可是，如果哥哥覺得我是噁心的女生而拒絕我的心意……我實在承受不了……！」

她不認為自己的心意是罪過。

只有一個人能原諒她，而且這個人不是神。

「所以，這是沒辦法的事。」

深雪的表白就此停下。滿溢而出的心意從話語變為淚水，從她的雙眼滑落。

〔2〕

寒假第一天，達也一大早就前往了FLT開發第三課。

深雪則和水波一起看家。開發第三課堪稱達也的主場，深雪同行只會受到歡迎，不會被當成拖油瓶。達也也明白這一點，但他認為今天就算帶深雪到研究室也完全沒空理會她，既然這樣，還是讓她在家裡休息比較好。

達也計劃今天開始要進行新的工作。他不是要開發新型CAD，而是設計全力發揮魔法工學技術的大規模系統。不知道幾年之後才可以實現這個系統。而達也想製作的，是根本無法只靠FLT之力實現的大型能源、資源與環境設施。

這計畫簡稱「ESCAPES」，全名是「以恆星爐抽取太平洋沿海地區海洋資源並去除海洋有害物質（Extract both useful and harmful Substances from the Coastal Area of the Pacific using Electricity generated by Stellar-generator）」，不過這個計畫的名稱也具備「逃離手段」的意義。

現階段能夠著手進行的，只限於企劃書的製作以及該設施內部系統的設計。即使如此，也終於來到可以踏出第一步的時刻了。

達也構思出這個計畫大約是在三年前，也就是「沖繩的那一天」剛好滿一年的二〇九三年八月。循環演算技術、飛行演算裝置以及恆星爐，都是用來建立這個系統的元件。而且就在不久之前，最後一塊拼圖終於有著落了。無論從計畫成真的可能性或是達也的年齡來看，這個計畫都還有很長一段路要走。雖說如此，考量到他在這個計畫置入的意義，他會投入前所未有的幹勁也是在所難免。

不過，開始工作一小時後，他的熱誠突然被潑了一桶冷水。

『少爺，抱歉打擾您了。』

達也在禁止以量子編碼傳送，甚至無法以固態記憶盒複製帶回家的高機密資料環繞之下編寫企劃書大綱時，開發第三課的女職員以對講機呼叫他。

「什麼事？」

老實說，達也現在不想停止手邊的工作。不過，既然會刻意來找獨自窩在房間的他，應該是有重要的事情吧。達也從鍵盤上收回手指，朝對講機回應。

『是。一位自稱黑羽貢的先生要求和少爺面會，您意下如何？』

達也不禁蹙眉。

就達也所知，貢未曾造訪ＦＬＴ。貢在四葉負責的是諜報工作，完全只屬於資金來源（之一）的ＦＬＴ並不在他的管轄範圍內。即使有事要找達也，應該也沒必要跑來這裡。

「我去見他。請帶他到離線會客室。」

目前狀況不足以推測貢的目的。達也立刻看透了這一點。

現在有必要去和貢見面，確認他的目的。達也如此判斷之後，便指示職員帶貢前往沒有線上監視系統的會客室。

進入會客室的達也在開口問候之前，先將門上了鎖。

即使他再度轉身面對貢，貢也沒有從沙發上站起來的意思。貢在達也入內時，頂多只做出了將心神不寧地以雙手把玩的軟帽放到沙發上的反應。

「黑羽先生，好久不見。我們上次見面是在夏天的時候吧？」

「嗯。」

貢不悅地點頭，不只是因為「夏天的時候」這五個字喚醒他被周公瑾重創的苦澀回憶。貢從達也露面之前，就一直愁眉不展。

「我可以坐下嗎？」

貢默默地點頭後，達也便坐到他的正前方。

達也正面注視貢的臉。兩人的年齡差距有如父子，但達也臉上完全看不出畏縮之意，也沒有擺架子虛張聲勢。

貢厭惡地扭曲嘴角，感覺隨時都會咂嘴。

但是，貢內心並未將達也鄙視為「區區的護衛」。達也是四葉家現任當家四葉真夜的外甥，也是下任當家候選人深雪的哥哥，不過四葉家內部——尤其是沒什麼機會接觸實戰的下人們，都瞧不起達也，把他當成「擁有四葉血統卻不具備與地位相符之魔法力的失敗作」或「基於同情而讓他擔任妹妹守護者的人」。

但是貢知道達也不是「失敗作」。從一般角度來看，達也確實是有缺陷的魔法師，但他具備的特異能力完全足以彌補這些缺點。貢非常清楚這一點。

貢對達也的態度展露不悅，純粹是為和自己兒子同年紀的少年將他視為對等存在這件事感到不耐煩。

他的表情並不從容。或許擺架子虛張聲勢的反倒是貢。

「方便請教您的來意嗎？」

達也如此催促經過許久仍未開口的貢。雖然沒說出「我也很忙」這種話，語氣中卻帶有這種感覺。他當然是故意這麼做的。

依據聽者的解釋——不對，對長輩使用這種語氣鐵定算是很失禮，但這時候的貢克制了自己的情緒。畢竟這次是自己主動找上門，而且只因為這點小事就生氣很丟臉。貢的內心還留有如此判斷的分寸。

「這次的慶春會，你們就別出席吧。」

只是貢似乎不認為需要做好表面工夫，所以他真的只說明來意，語氣也是愛理不理。

「我從一開始就不打算出席。」

「什麼……？」

不過，達也的回答似乎完全出乎貢的預料。貢從達也進入會客室後就一直維持的撲克臉因此剝落。現在的貢，毫無防備地發自內心展露了「感到意外」的表情。

「我原本就不需要出席慶春會。因為當家大人只命令深雪出席。」

達也不是以「姨母大人」，而是以「當家大人」稱呼真夜。這個稱呼暗示深雪出席慶春會是四葉家當家的決定，暗中反駁貢沒道理插手管這件事。

「這什麼歪理……！」

貢出聲咂嘴。大概是因為已經不小心把真實想法顯露在臉上一次的緣故，他不再努力掩飾自己不耐煩的情緒。

「那麼，我希望你說服妹妹別出席慶春會。」

不過大概是這麼做令他的情緒得以稍微宣洩吧，貢沒有對達也生氣，語氣也沉穩了點。

雖然他說得很客氣，但這是不是達也能接受的要求，又是另一回事了。

「您為什麼不直接對本人說？」

貢也知道會被拒絕。但達也這句回答的方向和貢預料的不太一樣。

「就算由我來說，你妹妹也不會接受吧。所以我才拜託你說服她。」

「我不是指對深雪說。您為什麼不建議當家大人收回出席命令？」

貢瞬間語塞。

「……這用不著你提醒。我數度表示時期還太早，要求真夜表姊改變主意。」

「既然這樣，那由我要求深雪別參加慶春會也沒意義吧？就算想拒絕出席，當家大人也不可能接受這個要求。」

貢不發一語。或許是覺得達也的說法很中肯吧。

達也露出似乎別有他意，又很壞心的笑容。

「要推舉文彌成為當家還需要一些實績，所以我可以理解現在決定下任當家還太早。」

「這是瞎猜！」

貢以堅定語氣回嘴。本來放在扶手上的右手在微微舉起時又隨著緊握動作停下，是他克制自己不要反射性地拍桌子所導致的結果。

「我原本就不想讓文彌成為四葉的當家。那孩子個性太溫和，不適合率領四葉家。而且從魔法力的角度來看，我也認為深雪比較適合繼任當家。」

貢的反駁令達也內心不禁感到意外。因為達也直到剛才都以為貢想讓文彌掌管四葉。

「那麼，您怎麼會說『時期還太早』？」

不過，達也決定暫時先將自己的誤會放在一旁，優先試探貢真正的意圖。

貢只在嚥下一口氣的短暫時間內猶豫是否要回應。他一反先前態度，嚴謹地對達也說：

「下次的慶春會將指名下任當家。而且真夜表姊打算指名深雪。」

「是這樣啊？」

達也附和得像是現在才首度得知這個消息，但他也早就預料到事情會變這樣了。

「不過，我認為在某個重要案件解決之前，應該延後指名深雪繼任當家。不只是我喔，椎葉、真柴、新發田與靜這四家應該也這麼認為。」

「所以這是除了武倉與津久葉，所有分家當家的共識嗎？那麼，您說的重要案件是？」

「你的處置。」

貢咧嘴一笑。這是一張昏暗的笑容，雙眼還暗藏瀝青般的黏稠黑暗。

「再過兩年，調整體『櫻系列』的櫻井水波，能力就足以勝任四葉的守護者。因為在四葉偏用的調整體之中，她的天分也是特別優秀。屆時你就是無用武之地的守護者了。」

貢說得像是陶醉在自己的話語中，不像他平常的個性。

「不用擔心，我們會讓你從魔法大學畢業，之後就以『托拉斯．西爾弗』的身分為四葉取得活動資金吧。屆時你也沒必要做國防軍的工作了，我們會讓你從特務軍官的地位中解脫。」

貢就這麼帶著蘊藏黑暗的雙眼，把嘴角揚得更高。

「喔，對了。交付給你父親的ＦＬＴ股票，也會改到你的名下。你的存在不能對外公開，所以沒辦法讓你當社長，但你未來會是ＦＬＴ的最大股東喔。」

「但我對這種東西沒興趣。」

達也以不耐煩的語氣打斷貢的話語。

「剛才說的那些，都沒辦法只以黑羽先生的一己之見做決定吧？」

達也的言外之意是這些事都是由真夜定奪。

「做出這種口頭約定，可能會被誤會意圖造反喔。」

「……不，我沒這個意思。」

貢臉上的黑暗笑容消失，如同附在身上的心魔離開了。

貢大概是自覺現在的自己失常，低下了頭，再度沉默。

「黑羽先生，決定讓深雪出席慶春會的是當家大人——也就是姨母大人，不能因為我或深雪的一己之見就缺席。這麼簡單的事情，您應該能夠理解吧？」

「即使如此，我的想法也不會改變。」

貢就這麼看著會客桌，低聲呢喃。

「我不想讓文彌與亞夜子難過。」

達也的雙眼瞇細如刀。

「此話當真？」

貢抬起頭，迎擊達也的視線。

「我說過，我不想讓他們難過。我什麼都不會做。」

「意思是要見機行事？」

「我會保持中立。我在心情上是你的敵人，但是為了孩子們，我不會出手。」

貢極為若無其事地宣布和達也敵對。

達也將其視作已知的事實接受。

「為何不惜這樣也要將我拉離深雪身邊……即使我詢問原因，您也不會回答吧。」

貢站起身子。

「如果你在期限之內抵達本家，我就回答你。」

貢低頭看著達也，以這句話當成離別的問候。

◇　◇　◇

寒假的第一天，深雪展現高中生應有的樣子（？）花時間處理寒假作業。而用完午餐不久，

便有位沒有事先約好的客人登門來訪。

「深雪表妹，好久不見。很高興看到妳過得這麼好。」

「夕歌表姊也沒變呢。請坐。」

在客廳的會客沙發組這邊，坐到深雪正對面的客人是津久葉夕歌。她是四葉分家——津久葉家的長女，也是四葉下任當家的候選人。

她的年齡是二十二歲，曾經擔任第一高中學生會副會長，現在是魔法大學四年級學生。及肩的黑色無層次直髮梳成四六分，露出的右耳戴著閃閃發亮的耳環。妝也化得很好，是很有大學生風格的時尚女性。

深雪與夕歌的關係，一言以蔽之就是「中立」。或者說是彼此互不干涉。她不像亞夜子那樣相互抱持競爭心態，不像文彌親密，也不像另一個當家候選人——新發田家的長男勝成一樣敵對。某方面來說，她是最令深雪意外的訪客。勝成找上門宣戰的可能性還比較高。

雖然這麼說，夕歌並非和深雪敵對。她們彼此都是四葉家下任當家候選人。既然登門造訪，只要不是過於離譜的時段，就沒道理將她拒於門外。

「從元旦算起來，大概一年沒見了吧？」

「嗯，是啊。」

「明明都住在東京，卻意外沒什麼機會見面呢。」

「畢竟東京也很大嘛。」

「是啊。在這種時候就會有這種感覺。深雪表妹現在是讀第一高中的二年級吧？聽說妳是學生會長？」

「是的。表姊真清楚呢。」

「那裡好歹是我的母校嘛。聽說妳大顯身手呢。」

「我知道現階段引人注目不太好，但我覺得向對方放水有失禮節，就忍不住……對了，夕歌表姊快畢業了吧？」

「嗯。不過，我會去讀研究所就是了。」

「不是回本家幫忙嗎？」

「好像是要我藉此多少鍍層金的樣子。事到如今，這麼做也沒什麼用吧。」

深雪和夕歌進行這段無關痛癢的問答時，水波端茶過來了。

這裡說的「無關痛癢」僅限遣詞用句，內容倒是頗為針鋒相對。夕歌說的「大顯身手」隱含了「這麼顯眼沒問題嗎？」的意思，深雪對此回應「明知如此，但放水有失禮節」，也是在暗中批判夕歌在高中時代一味隱藏實力的行徑。

深雪後來詢問「不回本家幫忙嗎？」一樣隱含了「將四葉機密技術洩漏給大學沒問題嗎？」的意思。

先不提是否真能互探底細，總之這種陰險手段不符深雪的喜好。所以她由衷感謝可以藉由茶水轉回話題。

「所以夕歌表姊，您今天有什麼事嗎？」

深雪在兩人同時將茶杯放回碟子時，向夕歌詢問用意。

夕歌以拐彎抹角的態度，回應深雪這個開門見山的詢問。

「這次的慶春會，要不要一起前往本家？」

「……意思是要邀我從東京一同前往本家嗎？」

「沒錯。我會開車去，搭我的車吧。」

「方便請教理由嗎？」

深雪無法掩飾湧上心頭的戒心。這或許是在所難免。畢竟夕歌是爭奪下任當家寶座的勁敵，不只平常幾乎沒有交集，說是親戚也幾乎是外人，頂多只到有面識的程度。

深雪的交涉態度不夠成熟，但夕歌看起來不以為意。夕歌和其他大多數人不一樣，不會以光環效應高估深雪。深雪雖然兼具頂級的魔法力與無以倫比的美貌，卻還只是個十六歲的女生，比夕歌小六歲。夕歌真真正正理解了這一點，而不是只知道事實的表面。

「理由啊……一定得說嗎？」

夕歌揚起視線，試圖以撒嬌般的語氣敷衍過去。深雪以冰冷視線注視這樣的夕歌。

「我知道了。」

夕歌似乎也不是真的想打馬虎眼，立刻收回胡鬧的態度。

「理由是我的護衛不在了。」

「不在了？夕歌表姊不是有守護者嗎？」

坐在沙發上的深雪疑惑地想前傾上半身，但夕歌卻閉上雙眼搖了搖頭，阻止她這麼做。

「她就在我的眼前離開了。也可以說是死掉了。」

深雪摀嘴的動作，只出現於再度眨眼前的短暫時間。

深雪為自己的駑鈍感到丟臉。她應該理解到「不在了」這三個字意味著「被殺了」。

夕歌是已經成年的四葉魔法師。基於她的魔法特性，本家很少派危險的工作給她，卻不是完全不派。換句話說，守護者在夕歌出任務時殉職的可能性不等於零。

更何況，夕歌是極少數擅長精神干涉系魔法的魔法師。知道她魔法天分的人很可能覬覦她的基因。

「這……請節哀順變。」

深雪恭敬地行禮致意後，夕歌再度搖搖頭。

「這樣的形容不適當。她的工作是賭命保護我，而且她也完成了這項職責。她再也不用害怕成為我的替死鬼。如果另一個世界真實存在，她應該可以在那裡鬆一口氣吧。因為她再也不需要被那個任性女孩的要求耍得團團轉了。」

夕歌過於老實的感想，使得深雪感到不悅。

「雖說對方背負著『守護者』的職責，可是您卻對因保護自己而犧牲的人這麼說……即使是開玩笑，也有失體統吧？」

夕歌聽完露出意外的表情，反覆眨眼。

「……畢竟深雪表妹的守護者是哥哥呢。如果害妳覺得不愉快，我向妳道歉。」

夕歌表面上是率直地低頭致歉，深雪依然覺得她話中有話，無法坦率接受夕歌的道歉。

「不只是我與哥哥。先不提實際上沒有守護者的文彌表弟，勝成表哥也很重視琴鳴小姐，不是嗎？」

堤琴鳴是新發田勝成的守護者，而勝成重視琴鳴是毋庸置疑的事實。不過似乎是這種時候拿他們當例子不恰當，夕歌一反深雪想要她反省的意圖，發出溫柔的笑聲。

「妳想想，勝成表哥與琴鳴小姐畢竟是那種關係啊。」

深雪不高興地注視依然側著身子繼續輕笑的夕歌。深雪無法否定這是自己舉錯例。

「何況您就算不找我與哥哥同行，只是需要護衛的話，應該也能立刻安排好吧？因為夕歌表姊和我們不一樣，有津久葉家當靠山。」

夕歌停下笑意，斜眼看向深雪。

「話是這麼說沒錯。」

夕歌重新面向正前方坐好。

「不過實力匹敵妳哥哥的人很難找……而且這個提議對你們來說應該也不差啊。畢竟不可能搭計程車到本家，達也表弟也只有機車駕照吧？」

的確，他們不能把未標示在地圖上的四葉根據地位置告訴計程車司機，加上又要帶各種東西過去，機車根本不夠載。

不過，這種事從一開始就不成問題。

「只要預先通知的話，本家就會派人到車站迎接。我們直到去年都是這麼做，今年也是這麼打算。」

深雪是下任當家候選人，也是現任當家的外甥女。這樣的重要人物，在車站接受迎賓禮遇是理所當然的。

「夕歌表姊不也一直到去年都是這麼做嗎？」

現下車輛的駕駛控制技術已經進步到半自動駕駛的水準。即使沒有交通管制系統的協助，駕駛的負擔也完全不及上個世紀。

不過，也還沒達到開車完全不會累的程度。雖然從東京開車到本家只要兩小時，但如果叫人迎接，搭乘電動車廂抵達離本家最近的車站再轉汽車會輕鬆得多，照理說無須刻意自己開車。

「我這麼做是無妨，但深雪表妹最好別這麼做吧。」

「為什麼？以往這麼做，也沒有什麼不方便的地方啊。」

「直到上次都沒問題，但我覺得這次最好別這樣。只不過，我不能說理由。」

「不能說理由」——這就表示肯定不是因為夕歌隱約有所擔憂，而是抱有明確的根據。

「夕歌表姊，您知道什麼隱情嗎？」

「這我不能說。」

「……為什麼不能和去年為止一樣？和夕歌表姊一起去本家有什麼好處？」

「這我也不能說。」

夕歌露出裝傻的眼神，敷衍掉深雪直盯著她的視線。

「……這樣啊。」

在這裡讓步的人是深雪。

她並不是變得懦弱，而是沒有讓夕歌招供的手段。

就算使用魔法也一樣。

四葉的魔法師分成兩種。一種擅長精神干涉系魔法，一種擅長極為強力又獨特的魔法。深雪擅長極為強力又獨特的精神干涉系魔法，是兼具兩種特色的魔法師。夕歌則是僅擅長精神干涉系魔法的典型魔法師。

若是強逼對方就範就算了，說到下暗示讓對方供出祕密的技術，夕歌比深雪高明得多。既然表面上沒有敵對，深雪就無法選擇用武力問出情報。

「關於您的提議，我和哥哥商量之後再答覆您。」

「是嗎？為了彼此著想，我等妳的好消息喔。」

夕歌從沙發上起身。

她朝著打開玄關大門的水波說「茶很好喝」，再向送行的深雪簡單說聲「再見」後，就離開了司波家。

◇ ◇ ◇

「夕歌表姊這麼說啊……」

返家的達也從深雪口中得知夕歌的來訪與邀請後，便思考了一陣子。即使是他，當然也無法只靠這些情報就解讀夕歌……不對，是解讀津久葉家的真正用意。不過唯一能推測的，就是夕歌的邀請與貢不講理的要求之間，鐵定有某種密切的關係。

「她不是含糊帶過理由，而是知道某些事卻『不能說』對吧？」

「是的。她似乎不打算隱瞞自己知道某些事。」

換句話說，就是會發生某些狀況。不是「推測」，是「確定」有這回事。而且問題不是在慶春會的席上，是在這裡到本家的路上。

夕歌這番話也可能是為了讓達也他們起疑而不參加慶春會，然而……

（應該是有人企圖襲擊我們吧。）

把貢的「威脅」也一併考量進來的話，達也覺得這個可能性最高。

（對方打算在哪裡下手？更重要的是，對方的目標是誰？深雪？還是我？）

如果目標是自己，達也就想得到不少可疑人選。他處理不能見光的工作時，總是細心注意不讓自己的真實身分曝光。照理來說，目擊者應該全都解決了。但要是哪裡出了錯導致行徑曝光，會將風險置於度外而誓言報復的組織應該不只一兩個吧。

不過，假設是非法組織的報復，達也不懂對方為何刻意看準這次機會。如果目標是魔法師，選擇四下無人的場所反而不利於己。遇襲者能以「自保」為藉口使用魔法反擊，所以襲擊者的風險會提高。

另一方面，如果目標是深雪，對方的目的幾乎可以過濾到剩下一個，也就是和四葉家當家的繼承權有關。達也認為，用不著不惜踢下別人也要堅持得到四葉當家的地位。這個地位沒這種價值。如果深雪想棄權的話，達也完全不會慰留吧。在他眼中，其他的當家候選人看起來也沒什麼興致，反倒是大人們比較熱中。

但也因為這樣而無法保證沒人不會基於難言之隱，就豁出去地做出行動。從車站到本家的路途是四葉的轄區，對於分家來說也是主場。這種地方可說非常適合進行讓人視而不見或湮滅暴行證據的黑箱作業。

假設有人想對深雪不利，就應該接受夕歌的邀請。或許和夕歌在一起就能讓對方打消襲擊念頭，要是真的遇襲，也可以期待津久葉家站在同一陣線。

相反的，如果目標是達也，就可能因為殃及夕歌而令自身陷入不利的立場。雖然是夕歌邀約同行，但大家應該會更著重於夕歌被殃及的事實。

即使沒發生這種狀況，只要他們接受夕歌的提議，就有可能被迫做出一定程度的讓步。和夕歌同行，下令襲擊的人或許會陷入困境，但達也他們也會因為殃及夕歌而欠下人情。到頭來，獲得最多好處的人還是夕歌。雖然不覺得這樣能在爭奪下任當家地位時取得優勢，不過夕歌是可能成為下任當家的人，在這個階段就欠她一份人情明顯是壞處。

「……拒絕吧。」

這是達也久思之後得出的結論。他一直聽到心中有個聲音建議他接受夕歌的邀請，他的直覺輕聲告訴他應該和夕歌同行。但達也在這個極度不透明的狀況下整理出這麼做的優缺點後，判斷接受夕歌邀請的壞處比較多。

「知道了，那我聯絡夕歌表姊。」

深雪向哥哥行禮致意之後前往二樓。她大概不是要以客廳附設大型螢幕的終端機打電話，而是要以臥室的小型視訊電話聯絡吧。

◇　◇　◇

『……難得承蒙您主動邀請，不好意思。』

「我也感到遺憾，但是別在意。畢竟我自己也覺得太突然了。」

『真是對不起。』

「沒關係啦。不過如果改變主意，隨時都可以通知我喔。」

『好的，謝謝表姊。』

「再見。等妳聯絡喔。」

夕歌將視訊電話收進桌子裡，整個人躺到客廳沙發的椅背上，雙腿也順便伸得筆直。年輕女性擺這個動作不太檢點，不過這間住家「現在」只有她一個人住。沒有嘮叨計較禮節的幫傭，也沒有愛說教的母親。

夕歌二十歲之前，母親與幫傭會輪流來住，但她二十歲之後就沒來了。在夕歌的認知中，這兩年她盡情享受了二十年份的自由——不過，自從幾乎不過問夕歌私生活的同居守護者不在後，她開始覺得自由自在的生活並非只有好處。

她維持放鬆的姿勢，思考深雪剛才的回覆。

會遭到拒絕也在她的預料內。如果只提供那種程度的情報，深雪卻依然接受自己的提議，反倒會令夕歌覺得掃興。那樣一來，她到時或許真會以受到波及為由來索取下任當家的寶座。

只是，夕歌其實也沒有想得到四葉家當家的地位。

說到底，列出數名候選人的做法也僅止於做個樣子而已。四葉的規則是由最優秀的魔法師擔任當家，若忠實遵守這個規則，下任當家絕對是司波深雪。現在的四葉沒有優於深雪的魔法師。即使把現任當家真夜算在內，四葉最優秀的魔法師也是深雪。至少津久葉家是這麼認為的。

夕歌……不對，應該說津久葉家從兩年前就決定推舉深雪成為下任當家。夕歌之所以能夠擺脫囉唆的監視目光，就是因為她「不會成為四葉當家」。沒有歸還下任當家候選人的地位，只是因為這個地位可以當成和其他分家交易的籌碼。

「何況，深雪表妹還有那個『哥哥』……」

夕歌知道去年十月三十一日的對馬與朝鮮半島南端發生了什麼事，也知道四年前的八月在沖繩發生過什麼事。

「光是應付深雪表妹一個人就沒有勝算了，連那個人類兵器都站在她那邊，這樣實在是太犯規了啊。」

夕歌沒有喝酒的習慣，卻在這時候覺得要是會喝酒該有多好。自從某次隨興喝下葡萄酒，讓她因此留下淒慘的回憶後（幸好藥物科技進步，宿醉症狀很快就治好了），她就滴酒不沾了。

「話說回來……居然想對達也表弟下手，簡直瘋了。明明沒人保證他會永遠安分……」

大概是覺得即使沒有葡萄酒杯，至少在外觀上也要模仿得像一點吧。夕歌將泡得鮮紅的玫瑰果茶倒入玻璃茶杯，將杯子高舉在眼前自言自語。

「新發田舅父、黑羽舅父以及靜舅父為什麼會將達也表弟當成眼中釘到那種程度？我覺得達也表弟是四葉的重要戰力啊……」

夕歌將玻璃茶杯湊到嘴邊淺嘗，微微蹙眉。之所以會如此，不只是因為茶溫過燙，也因為她重視顏色而泡太濃了。

「不對，不只是舅父他們……本家為什麼連傭人都覺得達也表弟不成材？灌輸這種觀念讓傭人們鄙視他，究竟有什麼意義？」

夕歌喝了一口玫瑰果茶。這次她沒皺起眉頭，可能是習慣酸味了。

「母親大人也堅持不說明達也表弟為何受到那種待遇……難道是有很深的過節嗎？」

夕歌將喝一半的茶杯放在桌上，隨後站了起來。她前往浴室時，從天花板降下的ＨＡＲ機械手臂也在她身後將杯子送到廚房。

如果這次慶春會指名深雪擔任下任當家，或許可以知道達也為何會受到不自然的貶低——夕歌默默地如此心想。

◇ ◇ ◇

深雪和夕歌講完電話之後又打電話到本家，委託本家在十二月二十九日派人到車站迎接。這次受命出席元旦的慶春會，即使考量到打理服裝儀容的時間，原本也只要在三十一日出發前往本家就好。之所以提前到二十九日，是考量到路上必定會發生意外，並因此被拖延時間的風險。

接電話的小原是從交通機動隊晉升的管家，總是負責這種派車工作。

和小原討論之後，便決定在下午一點到車站迎接。這個行程沒有保密，反倒是通知了本家的所有幫傭，避免深雪抵達時招待不周。

◇ ◇ ◇

新發田勝成是今年剛進入防衛省的職員。即使被迫定期在假日出勤，他的勤務大致上也很規律，不過可惜不像學生有長長的寒假可放。今天他也在完成了新人被分配到的充實（也可以說煩瑣）工作後，回到住處。

就像是抓準這個時機般，視訊電話響起來電通知聲。

「勝成先生，我來吧。」

「不，免了。」

在玄關迎接勝成回家的琴鳴轉身要回客廳，勝成卻出聲制止她，並操作起牆面上的嵌入式終端機。

「爸……有什麼事嗎？」

出現在畫面上的，是勝成三天前才見面的父親。也是四葉分家之一——新發田家的當家新發田理。

『勝成，你回來了啊。』

「是的，我剛到家。」

『這樣啊。總之，你先坐吧。』

理在畫面的另一頭這麼吩咐。

看來會講很久。勝成做出這個判斷後，便坐到正對螢幕的沙發上。

勝成身高一八八公分，體重八十公斤，體格強健得去擔任行政職算頗為浪費。市售的沙發組對他來說有點小。不過或許是習慣了，他將長長的雙腿伸進沙發與會客桌之間，俐落地讓身體得到舒適的環境。

『勝成，工作那邊怎麼樣了？』

「我還是新手，所以……還有，您三天前也問過相同的問題喔。」

『唔，這樣啊……』

勝成的父親行事武斷，像這樣語氣含糊的情況堪稱罕見。這也許代表了他要講的事就是這麼難以啟齒。

「爸，您是要談關於這次慶春會的事嗎？」

所以勝成決定主動詢問。明明再三天就能見面，父親卻刻意打電話過來。在這個時期，勝成只想得到這個可能性。

『沒錯。其實司波深雪剛才有聯絡小原，聽說她好像會在二十九日前來本家。』

「深雪表妹也是二十九日啊……」

不只是防衛省，現代日本的政府機構也沒有元旦假期。為了應付突發狀況，總是有一定數量的職員在公所值勤。尤其在世界連續戰爭爆發之後，防衛省就採取全年無休的體制。不過剛上任的勝成得以依照傳統從二十九日開始休假。

「不過，這又怎麼了？」

勝成腦海浮現親戚晚輩女孩脫俗的美麗面容，同時疑惑地詢問父親。下任當家候選人都要參加這次的慶春會，所以深雪從年底就住進本家也沒什麼好奇怪的。勝成無法理解父親為何特地打電話告知深雪的行程。

『勝成。』

「什麼事……？」

父親鄭重呼喚勝成的名字，使得勝成更覺可疑。但他聽到下一句話，這種瑣碎的疑問就全部飛到九霄雲外了。

『不能讓深雪出席慶春會。』

勝成頓時語塞。他不是嚇得說不出話，而是內心一口氣湧出各種疑問，混亂得不知道該從何問起。

「……我可以問理由嗎？」

最後他選擇的是這個老套又泛用的問句。

『真夜小姐打算在慶春會指名深雪擔任下任當家。』

「這樣啊。真遺憾。」

如此回應的勝成對於自己沒受到太大打擊感到很驚訝。

深雪確實是優秀的魔法師，同時也擅於使用四葉家獨樹一格的精神干涉系魔法。而且勝成也知道深雪是下任當家的第一候選人。

不過，雖說是否有能力使用精神干涉系魔法是擔任四葉家當家的重要天分，卻也不是絕對條件。前前任當家元造與前任當家英作擅長高階的精神干涉系魔法，但是獲選為現任當家的不是使用「精神構造干涉」的深夜，而是沒有使用精神干涉系魔法資質的真夜。而且說到直接性的戰鬥力，勝成認為自己優於深雪。

勝成原本推測自己獲選為下任當家的機率絕對不低。但是像這樣得知自己沒獲選，卻沒受到太大的打擊，就代表……

（其實我自己也早就知道了吧。以「四葉的魔法師」來說，深雪比我優秀。）

「爸爸，難道您是在關心我嗎？不要緊的，我也已經是大人了，還是有那個肚量可以好好祝福她。」

勝成不用花費太多勞力，就塑造出了笑容。

『我不是這個意思。』

不過，父親卻回以帶著強烈否定的話語。

『真夜打算在慶春會指名深雪擔任下任當家。但是，不能讓她這麼做。』

還說出這番意外的話語。

「爸爸……難道您想背叛當家大人……背叛四葉？」

勝成以嚴厲語氣責難父親。

「表面上，下任當家是由本家當家與分家當家在經過討論後決定，不過考慮到本家當家對於四葉一族的影響力，實質上是只要本家當家指名，就能決定下任當家。即使分家當家一致推舉我接任本家當家，我也不認為可以得到一族的支持。這種程度的事，爸爸應該也明白才對。」

畫面中的理一反勝成預料，點頭回應。

『我明白。即使我認為你比較適合擔任當家，我也不打算反對深雪接任當家。』

「……什麼意思？」

『深雪成為下任當家是在所難免，但現在還太早了。』

「但我認為即使指名深雪表妹接任當家，也不代表真夜大人會立刻交棒。」

『我的意思是說，現在決定深雪是下任當家還太早了。』

「她才十六歲，某些方面上還不成熟也是當然的……」

勝成不懂父親真正的用意。他可以理解深雪現在繼任當家還太早，但是指名深雪擔任繼承人會造成什麼不方便嗎？

『深雪本人並沒有問題。那孩子應該會成為適任四葉當家的魔法師吧。』

理這番話使得勝成更加混亂。

「……那麼，到底是什麼事情有問題？」

『問題在於深雪的守護者。』

「達也表弟嗎？以魔法師的角度看他或許是有問題，但他身為戰鬥魔法師的實力可是毋庸置疑喔。畢竟他以托拉斯・西爾弗的身分在四葉的資金層面貢獻良多，最重要的在於他還是可能成為日本今後王牌的戰略級魔法師。相較於他的『質量爆散』，五輪澪小姐的『深淵』無論是威力或使用條件都受到限制……」

「質量爆散就是問題所在。那魔法的威力太強了。由於他在朝鮮半島南端使用了那個魔法，使得各國祕密協商要組成反日軍事同盟。在防衛省工作的你應該比我更清楚這一點才對。」

「他國確實有這樣的動作，但同時，各國也頻繁在私底下和我國接觸，希望簽訂安全保障條約。而前來商議和我國結盟的國家中，也包含了那個新蘇聯。雖然負面影響是我們和ＵＳＮＡ的關係變得緊張，但是防衛省內部認為這樣帶來了更多牽制周邊各國的正面效果。」

『既然當成政治交易籌碼的價值增加，就更應該將那個男的從四葉中樞切割開來，以免被政客拿來利用。為此還需要一些時間。如果現在指名深雪繼任當家，那個男的必然會成為下任當家的親信。這必定會成為四葉將來的禍根。』

理的主張乍聽符合邏輯，但勝成只覺得父親是以這番理論將排斥達也的情緒正當化。

「爸，您……不對，包含您在內的各分家當家，為何這麼想排除達也表弟？」

理變得面無表情。這麼做或許是要隱藏內心的慌張，但是就勝成所見，這張毫無表情的面具不是臨時打造出來的，而且上頭還附著了長年累積的情感渣滓。

『過於強大的力量會破壞世界的穩定。我們尋求的是對萬物無害的力量，不是想得到撼動世界的力量。』

「不過，這不是達也表弟的責任吧？」

『我們不打算讓他負責任。我們要盡自己的責任封印那個男的——封印那個魔法。』

勝成察覺自己再怎麼嘗試說服，也沒有意義。

「——我該怎麼做？」

自己能做的，就只有避免無意義的內鬨。勝成如此下定決心。

『真柴與靜已經在採取阻撓行動了。』

「黑羽閣下沒出動嗎？」

勝成是因為感到意外才這麼問。真柴家與靜家，都不是專攻諜報工作的分家。雖然在能力上應足以匹敵其他十師族，但是四葉一族的諜報專家是黑羽家。拖住他人行動是需要細膩操作的工作，黑羽沒參與令人覺得不太自然。

『黑羽家也贊同排除司波達也這個大方向。但黑羽閣下的孩子們非常欣賞那個男的，所以他們表示會避免出手。』

「這樣啊……所以，具體來說要怎麼做？」

講得好像分家團結一致，又提及屬於最佳戰力的分家在執行階段脫隊。雖感覺將來充滿不安要素，但勝成決定自己的職責是將受害程度壓到最少。為此他必須先知道整個計畫的步驟。

『沒有必要傷害深雪，我們的目的始終只是拖住他們。只要讓她來不及在元旦時抵達本家就夠了。』

作戰方針比想像中溫和，使勝成稍微放心了點。

『你要在三十一日那天上場。在那之前就成功拖住他們的話最好，而如果真柴閣下與靜閣下失敗，你就是最後的堡壘。』

「請告訴我詳情。如果爸知道，也請說明真柴閣下與靜閣下的作戰。」

勝成問完，他的父親便開始親口說明整起陰謀的細節。

◇◇◇

十二月二十七日星期四的夜晚。

國防陸軍松本基地的矢口中尉，拖著訓練到精疲力盡的身體倒在床上。

軍官在儀容方面也要成為士兵的模範。拜這樣的軍官教育所賜，矢口好不容易洗完了澡，卻再也提不起勁做任何事。

他陷入無幹勁狀態的原因，是他尊敬的長官在今年夏天垮台的某個事件。

在這個事件之前，矢口中尉都屬於「反大亞聯盟強硬派」這個派系。以酒井上校為首的這個派系聚集了一群清廉愛國者，即使在國防軍再怎麼被冷落，他們也一定不會涉足非法行為，並光明正大地耐心訴說大亞聯盟的威脅，以及和那個國家妥協有多麼危險。高層在俗稱的「灼熱萬聖節」掌握千載難逢的機會卻依然決定早早停戰時，酒井上校與他的心腹也依然毫不氣餒，持續宣揚自己的主張。

就在國防軍內部理解他們理念的人開始增加時，發生了一件事。

新兵器「寄生人偶」的開發計畫疑似使用平民當實驗對象，而且是未成年的高中生。

不過，那原本是九島家的計畫。酒井上校等人只覺得遭到陷害。在那個事件中，反大亞聯盟強硬派的主要軍官被關進了軍事監獄。雖然最多被判關五年，但刑期結束後，應該也不可能回任軍務了。不只如此，他們連是否可以活著走出監獄都很難說。實際上就有好幾個幹部在入監服刑前離奇死亡。

矢口中尉年紀輕，階級也低，所以免於遭受連帶處分。當時他不在現場也是重要因素。他原本在研究機械化裝甲——動力裝甲實戰配備的特殊機械化步兵試驗隊擔任測試駕駛員，後來被調到松本的連隊。這絕對不是降職，反倒是學習普通軍務的軍官教育一環。可是當事人卻認為被打入冷宮而失去幹勁。

即使如此，他也沒有偷懶，以模範軍人的身分參加了訓練。他認為避免害那些背黑鍋的強硬派幹部蒙羞，就是自己能盡的最大努力。

矢口累了。在旁人眼中看來，他是在逞強。明明幹勁低落，卻賭氣繼續鞭策身體。他的心理比身體更疲憊。他肯定是因此才願意傾聽那詭異的低語。

「是誰！」

他在本應只有自己的房間感受到他人的氣息，迅速從床上起身。即便再怎麼疲勞，經由訓練深深刻入身體裡的身手也是無懈可擊。

『以酒井上校為首的反大亞聯盟強硬派，是被十師族的四葉家陷害的。』

房間一角響起莫名沙啞的聲音。那聲音聽起來不像帶有生命，一個不小心會誤以為是寒風吹過冬季雜木林的聲響。

「……這是真的嗎？再說，你又是什麼人？你這番話有什麼根據嗎？」

『我沒辦法讓你看證據，但這是事實。』

矢口的猜忌心態表露無遺。這不只是因為他是軍人，只要是人，當然都會有這種反應。

「……但為什麼是十師族，而且還是四葉？」

然而，這個聲音述說的內容也令矢口中尉完全無法將其當成耳邊風。

『指示四葉彈劾酒井上校的幕後黑手還沒滿足。』

定睛一看，就發現房間角落的陰影中有一個人形影子。

如同寒風的聲音，就是來自這個影子。

「幕後黑手……？是誰？是誰陷害了上校？」

矢口中尉壓低音量以免鄰房聽到，並以嚴厲語氣詢問。

但他沒得到答案。

『對方打算暗殺關在軍事監獄裡那群以酒井上校為首的強硬派幹部。』

影子似乎只想講自己要告知的事。

矢口懷疑可能是錄音訊息，卻立刻知道事實不是自己想的那樣。

「荒唐。軍事監獄和外界高度隔離，警戒等級也不遜於首相官邸，不可能被入侵。」

『四葉就做得到。』

矢口不禁提出的反駁，被影子一語駁回。

『無論是軍事監獄的牆壁、鐵柵欄、警備系統或哨兵，都擋不住四葉的魔掌。想阻止暗殺，就需要實力以外的手段。』

矢口還來不及對影子的話語做反應——

『十二月二十九日下午一點。』

影子就繼續發出訊息。

『四葉的重要人物將帶著少數護衛，在小淵澤車站下車。這個人預計會在車站轉搭迎接的汽車，並暫時住在和四葉掛鉤的溫泉旅館。』

「……你想說什麼？」

『這個重要人物是個年輕女孩。』

影子的話語令人無法辨別是在回答矢口的問題，還是預先準備的訊息。

『四葉家無法拋棄這個女孩。只要抓她當人質，就有機會讓酒井上校獲釋。』

「這種事……」

矢口很想斷言不可能辦到。雖然是無辜的，但上校是在軍事法庭中正式被判決有罪而入獄。他認為即使是「那個」四葉家，也無從顛覆這個判決。不對，是不想這麼認為。

『有可能。』

但矢口沒能說出「不可能」，黑影卻說了「有可能」。他聽到這三個字了。

「可是，就算要抓人質，我又該怎麼做……」

矢口已經被神祕影子的花言巧語所騙了。他承認自己不惜染指非法手段，也想救出上校——救出幹部的事實。

「我沒有做到那種事情的手段！」

『松本這裡有收容強化超能力者的設施。』

「什麼？難道要將他們……」

二十年世界連續戰爭爆發當時，為了盡快打造戰力，國防軍鎖定特定的特異功能進行強化，而藉此產生的就是「強化超能力者」。這也是魔法師開發研究的一環。在國防軍裡不能見光的他們在戰後被依照特異能力的威脅程度，分別軟禁在數個國防軍研究機構當中。松本基地附近也有一座這樣的機構，該處收容了威脅度較低，且接受過身體強化處置的強化超能力者。

『強化超能力者對十師族抱持著近似怨恨的嫉妒。若是要對四葉家還以顏色，將他們收為棋子並非難事。』

影子的這番唆使，使得矢口低頭搖了搖頭。

「不，還是不可能。光憑我的權限，甚至進不了研究所。」

『我們會提供手段。不過當然沒辦法準備正規的命令書。』

「……意思是要我犯罪嗎？」

矢口的聲音透露出苦惱。但是他在沒立刻拒絕非法手段時，就等於已經做出選擇了。

『酒井上校的罪狀本身就是以非法手段捏造出來的。只要能確保目標對象，即便是超法規的處置也可能贏得勝利。』

換句話說，這個行動不只可以救出酒井上校，也可以抹滅矢口自己的犯罪行為。

『這只是將因司法錯誤而遭到扭曲的正義，矯正為原本應有的樣子罷了。這即使是犯罪，也不算是惡行。』

「……我知道了。我該怎麼做？」

矢口感覺這個沒有實體的影子似乎用他沒有五官的臉，咧嘴露出了奸笑。

◇◇◇

在松本基地的矢口中尉下定決心違抗軍法的相同時刻。

國防軍宇治第二補給基地也出現了相同的影子。影子出現在反大亞聯盟溫和派的領導者——波多江上尉面前。

十月底，波多江因為收容敵國魔法師進入基地而被問罪，但他被診斷出意識遭到精神干涉系魔法操作，因而獲得減刑。再加上他還不等基地司令下令就動用戰鬥車輛，使他總共受到半年的減薪處分。雖然就收入方面而言是個很嚴厲的處分，但是沒降階就算是相當寬容的處置了，而且波多江自己也這麼認為。

不過，他的立場也沒因此改變。雖然休戰成立，但是和大亞聯盟依然處於敵對關係，要是過度偏袒那個國家的人，將會害得自己在國防軍內部的立場惡化。雖然波多江的長官與同袍都這樣忠告，他依然沒修改自己的主張。

波多江絲毫不怕為自己的信念犧牲，卻感覺到自己的立場日漸惡化。再這樣下去，即使不到會被彈劾的程度，不久後也得面臨一輩子無法出頭的可能性。他想到這裡，便感到一陣慌張。

就在這個時候，黑影在他的面前出現了。

「是幻像的投影體嗎？」

波多江比松本基地的矢口中尉熟悉魔法，這也是他為什麼能一眼看穿這個突然出現的黑影真面目為何。

「你是哪裡的術士？」

但他就算知道這是幻影，也無從得知術士的真實身分。波多江在這點和矢口差不多。

『上次襲擊這座基地的，是十師族四葉家的人。』

黑影並未回答波多江的問題。

「這種事我當然知道。」

波多江把對方忽視提問的行為視為理所當然，所以不以為意。對方若想表明身分，就不會送這種沒五官的剪影幻像過來。

而且，那場襲擊是十師族四葉家設計的這點小事，波多江也猜得出來。入侵者明顯使用現代魔法。說到敢大膽進攻國防軍基地的現代魔法師，波多江只想得到是四葉家。

『四葉至今依然在獵殺串通大亞聯盟的人。』

不過，波多江無法忽略對方接著說出的這句話。

「那些傢伙還在鎖定同志們下手嗎……？可惡，那群該死的獵犬！」

『波多江上尉，貴官明明也是四葉的目標，卻真是從容啊。』

波多江臉上出現一抹慌張，但他立刻恢復正色。

「雖然是受到操縱，但我先前曾意圖招致內亂。所以我已經做好心理準備了。」

『貴官無法光榮戰死。你只會成為賣國賊，迎接充滿侮辱的死亡。』

「唔……！」

『身為國防軍軍官卻和敵國串通，出手幫助敵國魔法師的骯髒叛徒。你的父母兄弟想必臉上無光吧。』

「那麼……！」

『就算現在就自盡也一樣。你將會被視作無法承受背叛罪名，選擇以死亡逃避之人。如果要死，應該在那個事件曝光之後就死。如果你在當時自盡，大家應該會認為你是以死贖罪的知恥軍人，進而為你送終吧。然而為時已晚。你已經錯過以死雪恥的時機。』

「不然你要我怎麼辦！」

波多江臉上浮現自暴自棄的表情。

他在黑影的批判下，喪失了正常的判斷力。

『要活下去。活下去才有機會洗刷汙名。』

「可是……要怎麼做？」

黑影咧嘴一笑。但是這張沒有表情的笑容，令對方沒有察覺他在笑。

『十二月三十日，從今天算起三天後的早晨，襲擊這座基地的魔法師將在小淵澤車站和四葉本家接觸。』

「什麼？」

『接觸的目的是接收新任務與補給。新任務是再度開始殲滅反大亞聯盟溫和派。』

「你想叫我……做什麼？」

波多江咬緊牙關詢問。說得這麼明白後，他已經可以理解黑影的意圖了。

「是要我暗殺那個魔法師嗎？」

『這只不過是第一步。你想活下去就只能反抗。你不反擊，就只會被殺。』

「你要我墮落成刺客嗎！」

『波多江上尉，這件事的決定權在貴官手上。』

波多江已經無法將回答說出口了。緊咬的牙關妨礙他發出聲音。

『不過可說很慶幸的是，貴官有許多站在相同陣線的知己。古式魔法的知己。他們應該會樂於成為貴官的助力。』

幻影不等波多江回應就消失了。單純的投影體和合成體不同，沒有留下任何存在痕跡。

十二月二十九日，星期六。終於來到達也等人……更正，深雪前往本家的日子。

達也、深雪與水波三人吃完有點早的中餐後，便在中午前出門。

四葉本家所在的村莊沒有住址，所以很遺憾地無法使用貨運系統。隨身行李雖因此增加，不過實際上只有在車站上下電動車廂時需要行走，不會造成太大負擔。原本就只有要帶衣物與整理儀容的用品，所以不會重，只是體積會比較大。而且深雪穿的長袖和服每年都是由本家準備。

從自家前往約定會合的小淵澤站，所需時間將近一個小時。途中沒發生任何麻煩事，三人順利抵達會合的車站。

達也沒忘記黑羽貢堪稱襲擊預告的那個要求，但他認為不可能在公共交通機構發動恐怖攻擊。正面和政府為敵並非四葉的作風。達也預料在這之後的路途上才可能遇襲。

迎接的車已經抵達，達也對司機也有印象。司機似乎和直到去年都在本家服務的水波有某種程度的交集，正帶著笑容和她交談。不過看向達也的雙眼依然像是在看無機物。

達也將行李箱放進後車箱之後，便前去引導深雪上車。因為要是司機看向達也的視線被深雪看見就麻煩了。達也個人希望司機可以再加強一下演技，以免造成無謂的糾紛，但小原管家管理的駕駛都是重視技術與膽量高於態度。由於不只要求司機具備開車技術，也要求他們要有萬一遭遇火爆場面時可以解圍的身手，所以態度有些笨拙或許也是在所難免。

其實達也催促深雪上車還有另一個理由。因為正如他的預料，有人在觀察他們。但與其說是在監視達也他們，感覺更像是在監視這輛車。

如果四葉分家有臥底或是幕後黑手，應該不難查出這輛車是四葉本家派來接深雪的車。對方真的會做到這種地步嗎？——這是達也心中毫不虛假的感想，但是無論他怎麼想，現實都不會因此有所不同。

不過，監視他們的視線比想像中的少。達也很在意這一點。感覺對方像是早就知道目的地而預先埋伏。如果情報外洩，就可能發生這種情況。

而且對方目前沒有出手的意思。基於自衛以外的目的使用魔法是違法行為，所以達也不能因為受到監視就使用魔法解決，就算不使用魔法手段解決也一樣。在這種狀況下，他只能選擇盡快搭車出發。

坐在副駕駛座的是水波。其實坐到前座比較容易監視周圍，但因為水波迅速坐進副駕駛座，而且她雖然態度客氣，卻堅決不肯讓座，達也才不得已只能在後座觀察周圍。

離開城鎮後才剛開始看不到民宅，對方就展開了行動。

達也的警戒網偵測到可疑車輛。

「哥哥，怎麼了……」

「是襲擊！」

深雪在達也出聲警告之前就察覺了哥哥的變化。這讓他們便於溝通，但在這種情況下卻會導致應對速度慢半拍。現在也是因為要打斷深雪的話語而在應對上產生略微延遲。

「是榴彈，前方二、後方一。」

水波原本打算回應達也的告知，施展反物質耐熱護壁的魔法。

然而，卻有毫無秩序可言又半吊子的魔法式射了過來。合計十一人份。

對象是達也他們搭乘的自動汽車。十一人份的魔法式如同故意般打造出相剋狀態（毫無秩序重疊的魔法式相互干涉，妨礙魔法發動，成為類似演算干擾的狀態）妨礙水波的護壁魔法。不對，並不是「如同」。十一個魔法式都調整為相同功率，由此可見對方是刻意打造出相剋狀態。

達也認為這不是偶然。這不是一朝一夕的訓練就能表現的默契。

不讓對方使用魔法的魔法技能使用法。這簡直是為了無法使用魔法的魔法師所開發的技術，是為了沒能成為魔法師的強化實驗體而開發的魔法戰鬥技術。

「水波，中止發動魔法。」

「啊？是！」

達也不等水波回應，就將右手指向斜上方。他胸前掛著完全思考操作型ＣＡＤ，手腕戴著思考操作對應圓環形特化型ＣＡＤ「銀鐲」。

榴彈在空中分解，失去飛翔力的零件散落在路面。

接著射過來的第二、第三顆榴彈也踏上相同末路。

達也等人搭乘的車從小規模的爆炸火焰旁邊穿過。

會有那些火焰是因為落地的衝擊引爆了榴彈信管。幸好已經分離的主體炸藥沒爆炸。

達也像是要趕走頭上的飛蟲般揮動左手。

他發動的魔法是「術式解散」。

發動到一半就被固定為相剋狀態的魔法式瞬間被震散。

「回到市區！」

達也無視坐在副駕駛座因為護衛工作被搶去而意志消沉的水波，指示司機掉頭。

但司機只是透過後照鏡瞥向正從車窗伸出榴彈發射器的追擊車輛一眼，無意踩煞車，也不打算打方向盤。

司機不聽達也的話，意圖就這樣強行突破。

「請開回市區！」

深雪重複哥哥的指示。

「收到！」

司機立刻聽從深雪的命令。

「水波，深雪拜託妳了。」

達也從懷裡取出有耐熱防彈功能的軍用墨鏡，同時對水波這麼說。

「啊……是！」

達也以貼合臉型的墨鏡隱藏長相後，又換向深雪說：

「深雪，在車站前面會合。」

「哥哥？」

達也打開車窗的同時，駕駛也開始旋滑。

這個時代的車輛徹底安裝防鎖死煞車系統，所以就構造上不可能側滑甩尾，但是車上有安裝自由度高的４ＷＳ，所以開車高手可以用近乎在原地旋轉的迴轉半徑轉彎。這種技術在現代不叫「側滑」，叫作「旋滑」。

車子轉彎的瞬間，達也也利用離心力跳出後座車窗。他以「跳躍」搭配「慣性控制」落地之後便分解前方襲擊者的武器，阻止對方繼續射擊車輛。

達也一個轉身，又拆掉了想追逐深雪座車而正在迴轉的車輛輪胎。現場短暫響起車身摩擦地面的尖銳聲響。

達也確認載著深雪的車子開往市區之後，就前去撲向距離最近的襲擊者。

對方應該沒預料到會以這種形式遭到反擊。但他們反應依然迅速，也看不出他們因為槍枝被分解而陷入混亂。身穿某貨運工作服的這名男性從背後抽出格鬥刀，和空手的達也對峙。這把刀有附加保護手指的寬護具，形狀如同加裝利刃的拳套。

（是國防陸軍的強化士兵……不對，人造超能力者嗎！）

這是以不依賴槍械的格鬥戰為前提製作的裝備，普通士兵或暴力罪犯不可能擁有這種東西。再加上剛才蓄意造成相剋狀態的魔法式，可以推測這個戰鬥員肯定是開發魔法師時造出的失敗作，是沒能成為魔法師的人造超能力者。

對方拿著刀子往前刺。達也「看得見」特殊不鏽鋼的刀身有帶電。達也在推測出對方是超能力者之前，就已經同時使用肉眼與「精靈之眼」觀察對方了。這樣下去，就算躲開刀刃，也會因為不自然儲存的大量電荷釋放——引發閃絡而受創。那不是電擊棒那種非殺傷級的能量，是會致命的電量。

達也不是以毫釐之差閃過刀刃，而是大幅跳向後方。

刀尖噴出火花，電流從刀身傳向男性的手臂。

對方大概有穿防護服以防萬一，看起來未因觸電而受創。男性是為別的事情受到打擊。

自己的超能力擅自違背自身意志解除——被自己能力背叛的震撼導致男性停下動作，達也則迅速衝過去以掌心攻擊。達也灌入如今擅長程度僅次於固有魔法的振動波，剝奪男性的意識。

讓男性刀子擅自放電的真相很簡單。達也在向後跳的同時，以細細集中的術式解體震飛了對方用來收集電荷的魔法式。現代魔法原本就是從超能力的研究中產生的東西。超能力和魔法在本質上相同這個事實，對於達也他們來說是常識。

男性可能是用來隱藏長相而壓低的棒球帽造型工作帽，在他倒地的時候跟著鬆脫了。男性外表看起來是五十歲前後。

達也沒空仔細觀察這個男性。敵人從左右兩側高速逼近，他們和剛才打倒的男性一樣穿著某貨運公司的工作服，戴著相同的帽子。不用深思，就可以知道這些人應該是同夥。

兩人的速度，匹敵達也所知中速度最快的魔法師——艾莉卡。

然而對方運用身體的技術卻——

（真粗糙。）

兩個超能力者襲擊而來的速度有微小的差距。如果達也不動，應該會先接觸右邊的男性。達也刻意朝右邊踏出腳步。

他不是要反擊，就只是擦身而過。達也站到這名男性身後時，男性還沒停下腳步。從左方襲擊的超能力者和從右方襲擊的超能力者擦身而過。

達也等待左方的超能力者接近。

刀子往前刺。

手掌抓住頭。

達也躲過刀子繞到敵人身後，從掌心釋放振動波，撼動超能力者的大腦。

（殺掉了嗎？）

傳來的手感超出預期地重，令達也在短時間內抱持如此疑問。他「看見」在路面滑動的男性發出生命跡象，才將注意力移向終於轉身朝他過來的另一個超能力者。

加速魔法式在男性的身上產生作用。沒看到慣性控制術式的情報體。這種狀態下，對方承受的G力理應超過人體極限，但對方並沒有停下攻勢。

（肉體也強化過了嗎？看來可以確定對方身分了。）

對方的真實身分，是身體強化併用型人造超能力者。是在二十年世界連續戰爭前半時期著手「開發」，卻沒能看到成品的一種可以使用魔法的強化士兵。德國似乎也有以相同概念嘗試操作基因，但日本採用的做法是透過藥物強化。

身體強化併用型人造超能力者的開發計畫之所以被判定失敗而作廢，是因為超能力射程最遠只有三十公分，也就是超能力只能作用在自己及長度三十公分以下的武器。要是超過這個距離，改變事象所需的魔法式就無法維持原形，只能投射無法對事象造成效果的損毀想子情報體。

（所以這也不是完全沒意義嗎？居然刻意重疊不完整的魔法式，妨礙對方發動魔法……真是先不提這個，如果他們的真實身分是身體強化併用型人造超能力者的實驗體，那麼年齡應該超過六十歲了。之所以會看起來稍微年輕一點，或許是強化措施帶來的效果吧。

掠過達也腦海的情報量轉變成文字有這麼多，思考時間卻不到零點一秒。而且達也在這段時間當中，也在身上施以加速魔法迎擊化為砲彈的男性。

即使對方的動作快到令人瞠目結舌，以格鬥術的標準來看卻是毫不俐落。就達也看來，只能用粗糙來形容。雖然可能要排除他拿八雲和柳當作比較對象的高標準，不過就算以更接近一般狀況的水準比對，他們在技術層面上很拙劣依然是客觀的事實。

這並非訓練不足所致。只強化速度的人造超能力者，認知能力跟不上強化過的速度。他們本身無法配合以魔法提升的速度。

雖然達也所知最快速的魔法師是艾莉卡，不過如果只比較動作的速度，能比艾莉卡快的魔法師應該不少。柳跟風間或許都可以比她快。若從魔法力推測，深雪、真由美與克人應該也行。達也覺得一条將輝應該也可以。但他們在實戰時不會使用這個等級的自我加速魔法。不是不需要，是因為他們無法控制加速後的身體。

只有天賦異稟的艾莉卡，才能在這樣的速度下保持平衡，並正確操控身體與武器。只憑冒牌的天分，沒辦法做到她那樣的高度技巧。正因為是冒牌貨，所以可以輕鬆應付。

就像這樣。

達也稍稍張開雙手掌心，擺出架式。

人造超能力者握刀橫砍時，手腕被達也的掌心吸入。

有如自己主動被抓的這幅光景，酷似昔日柳在九校戰會場對付無頭龍施法器時的場面。

達也消除己身的體重與慣性，將男性的手當成單槓往上跳。

消除體重與慣性只是這一瞬間的事。

伸出的手突然產生重量，讓男性的身體因此被拖倒。

達也的腳跨在男性的手臂上。

這看起來像是飛身十字固定技，其實卻是朝往頭部的踢腿攻擊。

昏迷的男性重摔路面，在空中調整好姿勢的達也一落地，就奔向下一個獵物。

他以超知覺捕捉到的敵人剩下二十八人，其中人造超能力者共九人。除了故意打造相剋狀態的十一個超能力者之外還有一人，那個人大概是在追蹤的車上待命吧。不是人造超能力者……也就是沒有特異能力的十九個普通人已經開始逃走。

但是達也不打算讓任何一人平安離開。

很可惜的是警察已經抵達，所以達也在打倒整整二十人之後就離開了現場。他慎重躲避警方眼線，花了一段時間飛奔前往車站，和深雪等人會合。

時間已經來到下午四點。

「哥哥，還好您沒事！」

在車站等候室喝茶的深雪一看到達也的身影就衝到室外。

「抱歉，讓妳久等了。」

深雪在即將撲過來抱住達也時停下腳步。達也輕摸她的頭後，便和她一起走進被留在室內的水波所在的等候室。

「水波也辛苦了。」

「不，您平安就好。」

達也搖手示意要起身鞠躬的水波坐下，自己也坐到她的正前方。

深雪不用說，當然是坐達也旁邊。水波旁邊也放著三人份的行李。

「來迎接的車怎麼了？」

「我讓車子回去了。遇襲的過程肯定有被市區監視器拍下，所以我也吩咐司機不要直接回本家……那個……難道留下車子比較好嗎？」

深雪不安地仰望達也。達也將手貼上妹妹臉頰，並投以笑容讓她放心。

「不，這個判斷是對的。虧妳有辦法想得這麼周到呢，深雪。」

「謝謝誇獎……」

水波以「現在哪還需要害羞啊」的白眼看向紅著臉低下頭的深雪。

但在達也移動目光的瞬間，水波又迅速切換為帶有敬意的表情。

達也看向水波的眼神會混入傻眼神色，大概是因為沒漏看她變化的瞬間吧。水波拚命忍受著這股不自在感。

幸好達也沒將視線就這樣固定在水波身上，期待她能敷衍多久。達也並未做出這種性格惡劣的行徑。

達也馬上將視線移回深雪身上，也拿下了貼在她臉頰上的手。

「啊……」

達也無視於深雪依依不捨的聲音，命令妹妹聯絡本家。

「今天我們先回家，明天再來。麻煩他們到時候再來迎接吧。」

原本就是只要在除夕抵達本家就沒問題。之所以提前到今天，是考量到可能發生意外……不對，是可能受到外力妨礙行程。

很遺憾，達也的擔憂成真了。不過正因提前出發，他們今天也不需要執意前往本家。

「知道了。」

深雪立刻取出行動情報終端機，開啟和本家的通訊線路。

接電話的是小原管家。小原數度詢問深雪是否平安，並為自己的草率做出更多次的道歉，不斷表示會立刻派車過來迎接。

「……小原先生，我想先回家一趟。」

深雪終於生氣了。不，她的語調沒有加重到生氣的程度，但是任何人聽到她的冰冷聲音，再怎麼樣都會理解到她沒有改變主意的餘地。

『是，屬下知道了。』

小原在語音通話機的另一頭立正不動——他回應的聲音令人眼前浮現這樣的光景。

深雪認定這是個好機會，決定進一步提出要求。

「請幫我轉達姨母大人，今天的事情我會在回家之後向她報告。」

『是，屬下謹遵吩咐。』

「然後，我希望明天也能派車來接我。」

『是，請隨意指定時間。』

雖然小原平常的態度總是很誇張，但記憶中很少聽到他講話會這麼拘謹。我剛才的語氣這麼重嗎——深雪暗自反省，並以目光詢問達也應該如何回應。

達也在終端機輸入「上午十點」，然後讓深雪看畫面。

「那麼，可以麻煩上午十點過來嗎？」

『遵命。』

小原立刻回應。

雖然深雪很懷疑是否真的沒問題，不過她後來又心想這不是自己該擔心的事情。

「那麼，明天就麻煩您安排一下了。」

『是，深雪大人，回程路上還請小心。』

這種說法依聽者的解釋不同，聽來也可能像是話中有話，但深雪覺得這只是自己多心了，便只當成耳邊風，掛斷了電話。

◇　◇　◇

在抵達家門之前，達也他們三人都完全沒提到這個事件。

到家之後，三人把打包好的行李直接放著，一直到換好衣服聚集在客廳後，自主封口令才終於解除。

深雪與水波端了咖啡與紅茶過來。咖啡是深雪為達也泡的，而紅茶是水波為深雪與她自己泡的。雖然感覺兩人各自準備飲料是浪費時間，但達也打從一開始就決定不過問這件事。

「深雪、水波，妳們兩人都辛苦了。水波也坐這裡吧。」

達也出言慰勞深雪，並叫正要去坐飯廳椅子的水波坐沙發。

「關於今天的襲擊者……」

等深雪坐在身邊，水波也坐在深雪正前方之後，達也開始說明她們應該想知道的事。

「那些人，是以國防軍所開發失敗的身體強化併用型人造超能力者作為主要戰力的國防陸軍兵卒。」

「國防陸軍為什麼……」

深雪這句話是詢問襲擊理由，不是詢問真假。既然哥哥斷言是陸軍的軍人，對於深雪來說就是毋庸置疑的事實。

「此外，哥哥，『身體強化併用型人造超能力者』是什麼？」

「他們這麼做的理由不明。我在擊倒襲擊者的時候，警察就來了，所以我沒能質問他們。至於身體強化併用型人造超能力者……」

達也向深雪說明人造超能力者的開發原委。雖然很猶豫是否該在調整體第二世代的水波面前講這個話題，但達也認為過於關心她的感受反而失禮。

「……人造超能力者的開發計畫在四十多年前就中止了，成為實驗體的人們應該都超過六十歲。聽說他們被軟禁在前群馬縣或前長野縣市，不過看來諏訪與松本這邊也有軟禁設施。」

「被軟禁四十年以上嗎……」

水波輕聲說道。

「沒賦予他們任何職責，就只是一直監禁……」

她閉上眼睛低著頭，或許是在強忍淚水。

「……可是，可以從這種設施帶走實驗體嗎？假設他們都是自願離開，也是人體實驗的活證人。雖然就我們看來早已是公開的祕密，不過軍方絕對想隱藏他們的存在，避免世間……尤其是媒體發現吧？」

水波的指摘令深雪睜大雙眼。

「難道下令襲擊我們的，是國防軍相當高階的將官……」

「不，這不可能。」

達也明確否定深雪懷抱的擔憂。

「如果國防軍高層幹部是幕後黑手，不可能派那種不上不下的戰力對付我。就算要投入實驗體，也應該會準備更強力的棋子，而且是真的強到難以處分的傢伙。」

換句話說，如果對方是國防軍高層幹部，即使無法打倒達也，也會計劃藉由達也處理掉棘手的實驗體。這是很可能發生的事，而且光是想到就覺得不愉快，所以深雪決定換個話題。

「夕歌表姊早就知道我們會遇襲了吧？」

「應該是。而且她大概認為只要她跟我們一起行動，對方就不會襲擊。」

達也面無表情地拿起咖啡杯飲用。

「而且還有黑羽先生的忠告。」

達也在告訴深雪她們的時候，將貢的「威脅」改說成「忠告」。

「雖然不願這麼想，但今天的襲擊很可能是分家的某人暗中牽線。」

「……是因為我嗎？」

深雪提心吊膽地詢問。

「不是。」

達也立刻搖頭。

「至少黑羽先生說不是。而且今天襲擊我們的那些人，看起來也不像衝著深雪來的。」

其實，今天的事件無法證明對方的目標不是深雪。感覺襲擊的一方也不清楚自己襲擊的對象是誰。

但是達也沒有坦白告知的動機。

「或許是不想讓深雪出席慶春會。不過很可能不是要妨礙深雪繼承四葉家，而是延後下任當家的指名。如果對方的目的是妨礙深雪成為當家，刻意選在我們抵達小淵澤站之後才襲擊就不合理了。簡單來說，趁我去ＦＬＴ的時候襲擊這個家，是更迅速又確實的做法。」

達也將自己知道的內情與今天的事件巧妙串連，編出煞有其事的推理。

「是這樣嗎……不，事情肯定就如哥哥所說。」

深雪硬是讓自己接受這個說法。

這使達也感到內心隱約刺痛，但現在得先讓深雪放心。雖然知道這只是將問題延後處理，不過比起費神擔憂，延後處理一定比較有建設性才是。

「深雪，差不多該打電話給姨母大人了。」

「啊，說得也是。」

達也起身前往飯廳。

深雪站在攝影機前面，水波則在她的斜後方操作遙控器。

真夜在畫面上笑著接受深雪的道歉，並表示期待明天的相見。

◇◇◇

當晚，松本基地的國防陸軍年輕軍官在小淵澤被捲入暴力事件身亡。隔天早上的新聞報導他是因為欲阻止黑道之間的紛爭而不幸喪命。

[4]

十二月三十日，星期日。上午八點五十分。

達也在準備出門時打電話給本家。不是由深雪打，是他親自打去。

接電話的人是態度愛理不理的女傭，達也故意以高壓態度要求轉接給小原管家。即使隔著鏡頭，卻依然被達也視線嚇到畏縮起來的女傭，逃也似的前去呼喚小原過來。

『達也閣下，您這樣嚇女侍，屬下很為難的。』

小原是階級在青木之下且不熟悉達也的管家們之中，展現的態度還算好的人。或許是因為他在本家的八名管家之中位居末座，才會要求自己面對任何人都要保持恭敬的舉止，也可能是他在退休之後仍保有現代交通機動隊不喜歡以高壓態度對待市民的心態。

不過，他的話語與態度還是會不時透露出他瞧不起達也的真實想法。

「有急事。」

達也平常也總是表現得成熟穩重，以免造成無謂的摩擦。但他今天從一開始就捨棄了這張假面具。

『究竟是什麼事？』

雖然只有些許，但小原還是不悅地皺起了眉頭。達也有察覺他的表情變化，但接下來的動作才真的會開始惹對方不高興。達也完全無視於對方內心的不悅。

「請變更迎接的行程。時間改為九點五十分，地點改為長坂白井澤。」

『請等一下，司機剛出發啊。』

「應該還沒離開宅邸吧？只是稍微修改目的地與時間而已，我不覺得這是強人所難。」

小原明顯蹙起了眉頭。

『不是做不做得到的問題，屬下的意思是這樣太突然了。』

「我們也是有這個需要，才會提出這個請求。」

『達也閣下，雖然屬下不願意這麼說，但您這樣有點失禮吧？再說，今天的行程是深雪大人決定的。』

「這個變更是深雪的意思。還是說，非得由深雪接電話才能讓您接受？」

小原的臉稍微發紅，大概是因為他正將怒聲嚥回肚子裡吧。

『明白了。九點五十分，長坂白井澤是吧！』

儘管如此，他的語氣會變得有些粗魯，也是無可奈何的事情吧。

達也也是基於某個理由，才故意在最後一刻打電話。他早知道這麼做會招致反感。

「此外，變更迎接地點一事，請只告知司機就好。」

不過，小原並非單純的莽夫。達也這個耐人尋味的指示，使他立刻就拋下不悅去追問。

『這項指示和昨天的事件有關嗎？』

達也對他的反應也感到意外，但要是講太久，將會搞砸這個耍心機的計畫。

「請務必保密。」

『確實收到指示了。』

達也與小原幾乎在同時結束通話。

◇◇◇

達也突然變更迎接行程，是考量到情報可能從四葉家內部洩漏出去。關於情報從內部外洩，達也不是推測也不是確信，而是早就知道了。

四葉的七個分家──正確來說是包含為了四葉深夜而成立的司波家在內共八個分家之中，椎葉、真柴、新發田、靜這四家的某家或某幾家正試圖將下任當家的指名延後，以讓達也離開深雪。為此，才會妨礙深雪出席慶春會。

達也無法從他們的行動中找出合理性。元旦的慶春會確實是本家與分家可以齊聚一堂的唯一例行活動，卻不是一定要出席。實際上深雪每年都缺席，父親龍郎甚至不被允許進出本家。

而且四葉一族並沒有規定只能在元旦齊聚，照理說應該也沒規定必須一族齊聚才能指名下任當家。再說，四葉家也不是擁有悠久傳統的名門。這一族是爺爺元造帶頭成立才成形的，真夜說穿了只是第三代。

之所以由真夜擔任第三代當家，是前任當家——亦即真夜的叔父四葉英作過世時指定的，而在那之前只有決定「深夜或真夜將是下任當家」。真夜獲選為當家是英作的遺言，不是一族協議下的結果。

換句話說，即使成功阻止深雪出席這次的慶春會，也很可能無法讓真夜延後指名深雪繼任當家。達也由衷覺得分家的當家們搞不好也被騙了。但即使再怎麼荒唐，既然都受命出席元旦集會了，就必須展現出赴約的努力。不對，正因為荒唐，所以達也認為說什麼也要趕上這場集會。他現在覺得一定要見證這場鬧劇最後的結果。

變更會合地點與時間的小伎倆，剛開始看起來是成功收場。至少不像昨天一離開車站就有車輛跟蹤。不過達也也不認為從頭到尾都可以這麼順利。

「被發現了嗎……」

來到周圍沒有民宅與工廠的鄉村道路不久後，達也如此低語。

「是跟蹤嗎？」

達也差點就點頭回應深雪的詢問，卻又改為微微搖頭。

「是跟蹤，但不是車子。是想子情報體……不是精靈。是使魔嗎？」

深雪的神情緊張了起來。副駕駛座的水波也是表情緊繃，緊閉雙唇。

「是大陸的術士嗎？」

深雪這個問題出乎達也的預料。

「……不，雖然是使魔，但不是他們使用的合成體。是無色無形的純粹想子情報體。」

達也這次的回答令深雪紅起臉頰。

「對不起。講到使魔，我總想到合成體……」

「妳不需要道歉。畢竟從去年開始就常常接觸合成體使魔啊。」

達也以笑容安撫深雪，接著又立刻恢復嚴謹神色。

「敵方花這麼多時間才找到我們，陣容應該不算堅強，但是別大意。他們就要來了。」

「是，哥哥。」

「知道了，達也大人。」

旁邊的深雪與轉過頭來的水波都點頭回應達也的吩咐。

司機不理會三人的對話，看起來像在專心駕駛。但他的雙肩不自然地用力，臉也直直朝向正前方，只有眼睛頻繁轉動。即使如此，他也並未露出畏懼的樣子，真該說他不愧是四葉家旗下的司機吧。

正如達也的推測，敵人不到十分鐘就現身了。

「直升機嗎……」

第一個徵兆是從後方傳來的螺旋槳聲。

「要打下來嗎？」

完全進入應戰狀態的深雪說出嚇人的提議。

「不，由我們主動攻擊不太妙。這裡還在想子感應器的監視範圍內。」

達也勸心急的深雪自重，接著朝司機說：

「請注意前方，應該會有大型車輛來擋路。」

直升機逐漸從後方接近。達也認為明明可以立刻追上卻不這麼做，是想對他們施壓。將獵物趕往前方。那麼，前方就會有埋伏才對。

雖然是很單純的原理，卻也正因如此，預測落空的可能性很低。

「煞車！」

達也在前方十字路口是綠燈時大喊。司機反射性地踩下煞車。一輛拖車無視於紅燈，從樹木擋住的橫向道路衝過來，並停在十字路口上。

「水波，我離開之後就架設護壁！」

「知道了！」

「哥哥，我呢？」

「深雪負責後方支援，以防萬一。」

達也迅速下車的同時，拖車裡衝出一群手持自動步槍的人。人數是……

（三十二人。一個小隊嗎？槍械是普通的自動步槍，沒有應付魔法師的高威力步槍。）

達也一邊朝著這群人突擊，一邊確認敵方的人數與裝備。

（魔法師共十六人，還躲在有點距離的地方。直升機上有兩人，應該是負責牽制。）

這次襲擊規模比昨天大，統率程度也比較好。

（但這樣依然不夠。）

敵方集團約一半的人停下腳步架槍。用這種火力對付一個人算是相當過火。看來敵方多少熟悉達也的底細。

（還是能動員的兵力有限？）

達也前方出現反物質護壁。

自動步槍以全自動射擊模式開火。

水波架設的護壁擋住所有小口徑的高速彈。她的反物質防禦魔法連高威力步槍都擋得住，所以擋得下是理所當然。

在這段時間中，達也也不只是在分析敵方戰力。

敵方集團另外一半的人從兩側接近，合計十六人。達也同時朝他們發動部分分解。

這十六人施加了反魔法防禦。從術式類型來看，是密教系的古式魔法。大概是躲起來的魔法師所架設的個人結界。

達也的分解魔法輕易打穿這個結界。

這並非使用了三連分解魔法「三尖戟」那種技巧造成的結果，而是讓干涉力發揮效用的強橫招式。是達也看出防護術式的施加者與被施加者默契不足所得來的結果。

達也接連施展追擊魔法。雙肩和雙腳大腿被射穿的十六名士兵完全失去戰鬥能力，也接連有人被劇痛弄到昏迷。

「──你這個怪物！」

達也聽到槍擊被擋下的那群人以熟悉的字句臭罵他。

達也的嘴唇甚至沒浮現苦笑。

以一般的戰鬥集團來說，這支部隊應該算具備足夠的水準吧──只知道特殊部隊水準的達也如此推測。但是這樣的戰力不足以阻止達也，更不可能碰到深雪一根寒毛。

（步兵剩下十六，先剝奪他們的戰力。）

達也開始迅速往前跑。

達也擊落直升機，打昏躲起來的魔法師（不在乎是否會有後遺症），逮捕應該是敵方指揮官的軍官。看來他們和昨天的敵人不一樣，不會果斷逃走。不過對達也來說不只抓到指揮官沒什麼用，而且他也不想和警方打交道，所以他還比較希望敵方逃走。

達也從一開始就知道質詢軍官也沒用。他們準備了直升機以及運送部隊的偽裝拖車，武器卻只有普通的自動步槍，沒有對付魔法師用的高威力步槍。達也發現到這一點時，就明顯看出了對方不知道詳情。

總之，達也在短時間內就擊退了來襲的部隊，留下如同內戰過後的慘狀。但是達也等人這邊也不是完全沒受到損害。他們的車子被打壞了。

「非常抱歉……」

「這不是水波的錯，別太在意。而且我也沒預料到會這樣。」

「是啊，水波確實盡到自己的職責了。哥哥說得對，不要太在意這件事喔。」

達也與深雪安慰垂頭喪氣的水波，卻依然身處束手無策、進退不得的狀況。

車子之所以無法行駛，並不是因為水波的反物質護壁被突破，而是襲擊者使用了出乎意料的兵器。

「居然是ＥＭＰ炸彈……」

ＥＭＰ炸彈（電磁波炸彈）是技術層面上還在開發中的兵器，現階段的有效距離只有數十公尺。但若限定在近距離下使用，就已經開發到能以一般車輛載運的小尺寸了。雖然對於施加電磁波防護措施的軍用機器無效，但用在防護措施不完整的民生電子機器上卻能充分發揮效果。

像ＣＡＤ從一開始就考量到會運用在軍事方面，所以即使是市售品也有充分的電磁波防護功能，但是市售的行動情報終端機就會因為ＥＭＰ炸彈受損。

「深雪，妳的終端機怎麼樣？」

「沒事。」

「水波呢？」

「我的也沒問題。」

達也的行動終端機表面是市售品，內部卻是獨立魔裝大隊使用的規格。深雪的終端機則是四葉本家送的，水波的終端機也是由四葉配給。以現代技術製作的可載運ＥＭＰ炸彈產生的電磁脈衝，不足以破壞他們的終端機。

不過，達也他們搭乘的車子沒能倖免於難。

「話說回來……為什麼本家派來迎接的車子，連電磁波防護措施都沒做？」

深雪輕聲說出的抱怨，使得司機縮起身體。

現代的車輛是電子裝置的聚合體，中了強力的電磁脈衝就會動彈不得。即便是市售車種，高級車也會施加針對電磁脈衝的防護措施，不過這輛車的防護系統似乎有缺陷。又或是對方使用的ＥＭＰ炸彈威力較強，令市售品等級的防護措施無法抵擋。

「非常抱歉，果然是因為我……」

雖然不是被直接斥責，水波卻再度這麼道歉。大概是因為見到深雪不悅而縮起身體的司機令她感到同情吧。

不過水波也不能說完全沒疏失。

水波使用的魔法是「質量濾膜」，可阻止超過一定質量的物質穿透，屬於領域魔法。她剛才設定為「質量超過二氧化碳分子的物質無法通過」。這個魔法不同於向量反轉或動能中和的魔法，對於擴散與滲透時不具方向性的毒氣也具備防禦效果，是很優秀的護壁魔法。

只不過，質量濾膜無法對電磁波造成任何影響，對於熱能或爆風也沒有防禦效果。水波有預先備好「向量反轉護盾」的啟動式，以便在爆炸時立刻發動。至於熱能攻擊，她則是擅自認為既然深雪在場，就沒有她出場的餘地。

但是水波完全忽略了電磁波這部分。她由衷認為這是自己的重大疏失。要是對方使用「雷擊」術式，就來不及防禦了。就算達也他們再怎麼安慰，水波的心也沒那麼容易舒坦下來。

所以她袒護司機的動機，絕對不只是同情。

「深雪，總之先叫下一輛車吧。」

達也沒有再度安慰水波，而是改變話題，正是因為察覺了她的這份心情。

「說得也是。」

深雪也察覺了水波自責的理由。她原本就沒有想責備司機與水波的意思。剛才那番話其實是下意識脫口而出的牢騷。深雪也很高興能得到這個改變話題的契機。

但她沒能打電話給本家。

因為就在這個時候，深雪的終端機收到來電。

達也以目光催促深雪接電話。

『深雪表妹，午安。』

「是夕歌表姊嗎？」

打電話來的是津久葉夕歌。

『嗯，沒錯。深雪表妹，抱歉，突然要對妳提出一個要求……』

「什麼事？」

『要移動還是消除都好，可以挪開那輛擋路的拖車嗎？』

這個要求真的很突然。不過剛才沒攻擊拖車，車子應該可以正常開動。深雪先結束通話，命令司機將拖車駛離十字路口。

雖然深雪覺得應該不會有這種事，但事實一反她的預料，夕歌就在十字路口的另一邊。司機還沒從拖車上回來，她就將車子開來停在無法動彈的車子旁邊。

「上車。」

過於突然又過於缺乏說明的這句話，連達也都無法在一時之間反應過來。

但夕歌無視於自己說明不足，以不耐煩的語調喊道：

「快上車！已經沒辦法繼續引開警察了！」

「深雪、水波，上車吧。」

這句話令達也做出了行動。他催促深雪與水波上車，同時將三人的行李放進了夕歌車子的後車箱。

「司機呢？」

「讓他自己想辦法——」

鑽進副駕駛座的達也如此詢問，夕歌卻像連回答的時間都不想浪費掉一般，沒有講出最後的「吧」字就讓愛車起步。

車上陷入了好一陣子的沉默。

夕歌專心開車。

副駕駛座的達也將語音通訊元件戴在耳朵上，不時操作著行動終端機。看起來像是在竊聽無線訊號。

深雪眺望窗外，水波則以靜不下心的眼神看著深雪。

就在不久後，開始可以看見一些建築物時——

「夕歌表姊。」

深雪開口向夕歌搭話。

「深雪表妹，什麼事？」

「我覺得這條路和本家是反方向。」

深雪沒有完全藏住聲音裡的不信任感。

「這是為了躲警察。」

夕歌回應的聲音略帶苦笑。

「深雪，夕歌表姊說的是真的。」

達也取下耳朵的語音元件，轉過身來試著讓深雪冷靜。

「警方有在往本家的方向設置臨檢崗哨。不過不知為何沒遍及到這個方向。」

達也竊聽的是警用無線電。一般來說沒辦法竊聽，但達也的終端機只有表面是市售品，裡面則是獨立魔裝大隊規格，是真田與藤林合作之下的成品。只要是在國內使用的無線編碼通訊，大都能解讀。

「既然哥哥都這麼說了……夕歌表姊，抱歉剛才講得像是在懷疑妳。」

「沒關係。反正我也覺得自己的舉動很可疑。」

她說的大概是剛才湊巧在解決襲擊者後沒多久就現身吧。至少達也是這麼認為。

「可是，警方為什麼只擋在通往本家的路上？」

不過深雪感到疑問的是這件事。

夕歌再度差點露出苦笑，卻突然變得一臉正經，並透過後照鏡和深雪四目相對，回答：

「這個喔，深雪表妹，這是因為他們不想讓妳前往本家啊。」

◇ ◇ ◇

夕歌帶達也他們三人來到八岳編笠山山腳的津久葉家別墅。

帶三人來到客廳的夕歌自己也坐在休閒椅上（這個家的客廳沒沙發，但有放六張附腳墊的休閒椅），向深雪等人提議今後的行程。

「你們今天就住下來吧。」

深雪以目光詢問達也該怎麼做。但是達也還沒回答，夕歌就繼續提議：

「明天一起去本家吧。這麼一來，就不會有人從迎賓車的行程解讀你們的行動了。」

達也朝深雪點點頭。達也示意夕歌詢問的對象是深雪，所以應該由同為下任當家候選人的深雪回答。

「感謝表姊的提議。」

「那就這麼決定了。」

「請等一下。」

深雪出聲制止露出笑容的夕歌。

隨後別墅的女傭就端了飲料過來。所有人都是紅茶。而且不是端茶壺過來，而是將三分之二滿的紅茶茶杯依序擺在桌上。女傭最後將糖罐與牛奶罐放好之後，就離開了客廳。

夕歌以不悅的表情目送女傭的背影遠去。

「……平常老要求別人要注重禮節，自己卻不懂得顧慮一下。」

夕歌輕聲說完，便朝達也他們三人露出愧疚的表情。

「對不起。我們全家都喝紅茶，所以家裡沒有咖啡與綠茶。」

「不，請不用顧慮我們。」

深雪露出客套微笑，朝茶杯伸手。

「啊，放桌上會太遠吧？我現在就把邊桌弄出來。」

夕歌看到深雪收回手之後，就開始操作扶手上的按鍵。

邊桌從四人椅子的右邊那一面漸漸往上升。

不知何時繞到深雪右邊的水波向夕歌致意之後拿起了牛奶罐，並將其和茶杯與杯下的茶碟一同擺在深雪的邊桌上。

深雪向水波說了聲「謝謝」，拿起茶杯喝口紅茶。

她微微歪過頭，朝茶杯倒入些許牛奶。

接著以茶匙攪拌後再喝一口，然後朝水波甜美一笑。

水波將牛奶罐放回桌子，回到了自己的椅子那邊。

自然對主人展現細膩貼心舉動的年少侍女，和剛才冷漠放下茶杯的別墅幫傭成為對比。

「……真可愛呢。是故意做給我看嗎？」

夕歌朝水波投以想故作從容卻有些失敗的笑容。

「不，絕對沒有這個意思。」

水波以不帶情感的聲音回應，並藉由恭敬的行禮讓夕歌看不見她的表情。

這個行動引得夕歌不高興，但她輕輕呼口氣宣洩情緒，勉強不讓內心的煩躁成形。

「總之……是我家幫傭的態度不好在先，就當作是扯平了吧。」

對這一幕連看都不看，還一臉事不關己地喝著無糖紅茶的達也將茶杯放回茶碟，說：「繼續談談正題吧。」

「也對……那麼，深雪表妹，怎麼了嗎？」

夕歌端正坐姿，深雪也跟著轉身面向她。

「我想請教幾件事。」

「不是直接要求我說出真心話啊？」

夕歌收斂起不正經的氛圍，雙眼露出犀利目光。

「因為我覺得那是毫無意義的要求。」

深雪以有如晴朗的冬季天空般無比深邃冰冷的雙眼，承受夕歌的目光。

夕歌產生了好像連靈魂都會被這雙眼睛吸走的錯覺，移開雙眼。

之後又立刻移回視線。

「並不是完全沒意義喔。只要是我能說的範圍，我都會說出真心話。」

「這樣啊，那我就恭敬不如從命了……首先，表姊今天為什麼能夠那麼剛好地趕到我們這裡來呢？」

「我那樣出現果然會引人起疑呢。」

夕歌露出鬆懈的笑容發牢騷。

「但我不會私下和別人串通，相信我。」

「我並不是在懷疑表姊。只是希望表姊說明理由。」
「……其實我悄悄跟蹤了你們搭的車。」
深雪觀察達也的表情。
達也微微搖頭。
注意到這個動作的夕歌想說明某些事，但深雪卻先開口。
「這樣啊。」
深雪以完全不相信夕歌這番說明的語氣，提出下一個問題。
「那，為什麼表姊會這麼積極協助我們？」
「因為……」
「之前說過需要護衛，但表姊應該不認為這種理由能讓我接受吧？」
夕歌嘆了口氣。
「也對……我知道了，我說實話吧。」
「拜託了。」
深雪直直注視的視線似乎令夕歌不太自在，但她看起來不打算繼續打馬虎眼。
「達也表弟或許已經知道了……」
這句開場白讓達也大致知道夕歌想說什麼了。老實說，達也不想讓深雪知道她要說的那些內容。但是在這裡打斷夕歌的說明，狀況就無從進展。而且如果深雪要接受指名去擔任下任當家，也需要知道分家的想法。達也如此轉變自己的心態。

「這次的慶春會中，真夜大人會指名深雪表妹擔任下任當家，而部分分家想要阻止這件事發生。他們認為只要妳沒出席慶春會，至少可以避免妳在席上被指名為下任當家。」

深雪臉上看不出受到打擊的跡象。

「意思是有人不希望我成為四葉家當家嗎？」

不過，她詢問這個問題的語氣很冰冷。

「我認為只有新發田舅父是這麼想的。」

夕歌的回答明快到甚至令人覺得殘酷。

「這樣啊……新發田舅父始終只想讓勝成表哥……」

「我認為妳這個說法也是錯的。」

雖然明快，但她的回答卻有種前後不一的感覺。

「抱歉，我聽不太懂表姊的意思……」

夕歌沒露出不悅的樣子，繼續說明。

「新發田舅父想讓勝成表哥成為當家，但他應該覺得若是妳被指名為下任當家，也是無可奈何的事。其實他早就知道深雪表妹與勝成表哥以『四葉的魔法師』來說，究竟是誰比較優秀了。

畢竟勝成表哥是『一般』的優秀魔法師。」

夕歌不禁失笑。深雪沒像夕歌那樣笑出來，但她也同意夕歌對勝成的評價。

「總之就是這樣，所以沒人會反對深雪表妹成為下任當家。」

「……夕歌表姊自己呢？」

「我？」

夕歌將下任當家的指名講得像是置身事外，令深雪頗為在意。

因為夕歌也是留到最終階段的四名候選人之一。

「我也覺得深雪表妹比較適任。」

夕歌滿不在乎地回應。她回答得過於乾脆，聽起來甚至不像是真心話。

「不對，我這麼講不正確。」

但夕歌百分之百是認真的。

「津久葉家從兩年前就決定推舉深雪表妹成為下任當家。我留在當家候選名單，是為了確保津久葉家在選定下任當家時的發言份量。進一步來說，就是要在其他分家支持勝成表哥或文彌表弟的時候加以對抗。」

「為什麼要做到這種地步……」

深雪會這樣質疑是理所當然。

「有九成是純粹覺得應該由深雪表妹成為當家。」

說到這裡，夕歌有些難以啟齒地支支吾吾道：

「另外一成……應該是來自母親的罪惡感吧。」

深雪臉色一變。這個回答不夠具體，但已足夠讓深雪理解當中含意。

「如果是想藉此贖罪，我會很為難。我知道這不是冬歌大人自願的。但是實際上，冬歌大人不就是遵從姨母大人的決定而親自下手的嗎？」

這裡提到的冬歌是夕歌的母親，也是津久葉家的現任當家。她不是沒父親，而是一開始就是由冬歌擔任當家，父親則是入贅。

冬歌是擅長精神干涉系魔法的魔法師，尤其還以「誓約」這個特殊魔法的第一把交椅在四葉一族中廣為人知。「誓約」是在受術者的同意之下，半永久性地限制受術者精神活動的魔法。雖然無法單方面束縛受術者的精神，也必須設定一個不受施術者意思左右的解除金鑰，卻可以在維持對方自我的狀況下控制部分心智，是利用價值很高的魔法。

對於深雪與達也來說，這也是意義特別深遠的魔法。因為兩人的母親深夜永眠之後，以深雪魔法力封印達也魔法力的機制就是以冬歌的「誓約」維持的。

「對此我無法說些什麼。也不打算推託是當家大人的命令。」

「……恕我失禮了。明明是我主動詢問，卻自己亂了分寸。」

「我認為從妳的角度來看待這件事當然會有這種反應，所以我不在意。」

深雪與夕歌各自拿起茶杯，打算讓對話重新來過。

「我理解津久葉家的立場了。」

深雪為了改變話題而這麼說，夕歌也面露淺淺笑容點頭回應。

「那麼，其他分家為什麼想延後指名下任當家？表姊知道的話可以告訴我嗎？」

夕歌朝達也一瞥。

達也沒對她的視線做出任何反應（包含制止）。

夕歌將目光從深雪的視線上移開，低頭開始說明。

「新發田舅父與真柴舅父想讓達也表弟離開深雪表妹身邊。不對，是要讓達也表弟離開四葉中樞，並用打入冷宮的方式讓你和這個世界隔離。」

深雪深呼吸數次。剛開始很急促的呼吸，在深呼吸五六次之後也恢復了平穩。

「……不是『社會』，而是『世界』？」

「是的。雖然也包含我的推測，但應該沒錯。我是不知道原因，不過舅父們想把達也表弟弄成不存在的魔法師。妨礙深雪表妹被指名為下任當家，就是要爭取達成這個目的的時間。」

「妨礙我被指名為下任當家，為什麼可以用來爭取……陷害……哥哥的……時間？」

深雪會講得斷斷續續，並不是她自願的。稍微鬆懈就可能爆發的怒火，使她的嘴唇與喉頭顫抖了起來。

「深雪表妹，拜託冷靜聽我說……要是妳現在被指名擔任下任當家，身為守護者的妳哥，也會在四葉家之中得到穩固的地位。達也表弟會變成下任當家的哥哥，以及下任當家的親信。分家的當家也無法忽視這件事情的發生。」

夕歌觀察深雪的臉色。

深雪暫且還保持著冷靜。

「所以，他們想延後下任當家的指名，直到這位水波小妹足以取代達也表弟。」

「……原來是這樣啊。」

深雪的聲音冰冷、平靜得令人毛骨悚然。

「沒……沒錯。我認為絕對是這麼回事。」

即使是一直努力不被深雪氣勢震懾的夕歌，也不由得發起抖來。

「那麼反過來說，只要我趕得及在元旦抵達，哥哥的立場就可以穩固下來了對吧？」

不過，深雪腦中沒有「對某人還以顏色」或「對某人不利」之類的危險想法。她始終只是想摧毀這個沒有天理，還試圖讓自己與哥哥分離的陰謀。

「夕歌表姊，今天還不會出發吧？」

四人還沒吃午餐，不過時間早就過中午了。雖說如此，距離日落也還有一段充裕的時間，就算現在出發，應該也不用太晚就可以抵達本家。

「嗯……因為我覺得警方還在行動。雖然我們沒做虧心事，不過被警察抓到的話，還是會無謂地浪費時間。所以我覺得最好等到明天。」

「我知道了。那恭敬不如從命，今天就受表姊照顧吧。」

「某些地方可能安排不周，不過你們好好放鬆一下吧。」

「謝謝表姊。明天也請多指教。」

深雪的語氣非常恭敬，克制了自身的情緒。但夕歌覺得「明天也請多指教」這句話中蘊含著足以凍結靈魂的力道。她露出抽搐的笑容，費了番工夫才終於點頭回應。

結果達也他們三人沒吃午餐，提早接受晚餐招待（味道差強人意），之後便各自被安排到單人客房。

達也面對打開的行李箱煩惱著。他不是在想明天要穿什麼，而是在猶豫明天該帶什麼裝備。

銀鏃改造機「三尖戟」也有收進行李箱一起帶來。

要選擇慣用的「三尖戟」？還是不顯眼的「銀鐲」？

假設是魔法戰，就要選擇手槍造型的三尖戟。

假設是避免使用魔法的格鬥戰，就要選擇手鐲造型的銀鐲。

達也苦惱了一段時間，最後沒從行李箱取出三尖戟。

他正要蓋上行李箱時，有人前來敲門。達也詢問「哪位」後，就傳來「我是深雪」的回應。他就這麼沒關上行李箱，走向房門。

「怎麼了？」

達也開門詢問深雪。她是單獨前來。

「我想……稍微談談。」

或許是多心了，深雪看起來有點不安。

「知道了。進來吧。」

達也邀深雪進房。

深雪先是走到沒關上的行李箱前，重新摺疊達也稍微弄亂的衣物。

反正等一下就要拿出內衣褲準備洗澡了，現在整理行李箱的內容物也沒什麼意義。但是達也沒阻止深雪，而是說聲「真不好意思」慰勞她。

「不，這是我自願這麼做的。」

深雪一邊動手一邊回應，聲音透露出些許喜悅。不久後大概是滿足了，她蓋上行李箱，重新面向達也。

「坐床上吧。」

達也坐上書桌旁的椅子，同時催促深雪坐到床上。

深雪沒怎麼遲疑就靠坐在床邊。

「所以呢？妳不是有事情要問嗎？」

達也立刻出言試探，深雪就有些不滿地鼓起臉頰——不，她沒有真的鼓起臉頰，卻洋溢著這種氣息。

「沒事就不能來嗎？」

「不，沒這回事。」

深雪一賭氣，達也就馬上舉白旗。達也不怕哭鬧的孩子也不怕官吏，卻只有妹妹鬧彆扭的時候另當別論。

「呵呵，我開玩笑的。」

哥哥的讓步，使得深雪心情立刻變好。

「而且，我也想請教您一些事。」

那一開始就先問啊——達也如此心想，但他當然沒說出口。

「妳想問什麼？」

相對的，他開門見山地這麼問道。

深雪也沒有繼續玩文字遊戲。

「哥哥是不是早就知道各分家的想法了？」

達也原本在煩惱該怎麼敷衍過去的思維，在深雪眨眼的時候消失了。

「我早就知道了。」

深雪思考下一個問題時，達也補充說明自己的回答：

「寒假第一天，黑羽先生有造訪ＦＬＴ，而我就是在當時聽說的。黑羽先生說的內容，和夕歌表姊剛才說的幾乎相同。雖然夕歌表姊表示當中有加入了自己的推測，但我想她其實幾乎都知道吧。」

「黑羽舅父大人……？那麼……」

「不。」

達也察覺深雪的擔憂，先行否定。

「黑羽沒加入這次的妨礙行動。黑羽先生說他們這次保持中立，我覺得可以相信他的說法，而文彌與亞夜子當然也不會成為敵人。」

「這樣啊……」

深雪鬆了口氣，卻又立刻抬起頭，朝達也投以嚴厲的視線。

「哥哥，您為什麼沒告訴我這件事？」

達也可以理解深雪為什麼會責備他，但他也有話要說。他沒從妹妹身上移開目光。

「遇到妨礙的話，只要擊退對方就好。能出席元旦聚會就可以了，誰在幕後牽線只是瑣事。我不想讓妳無謂操心。」

就達也看來，這次事件的整體狀況很單純。沒必要查出對方躲在哪裡或是何時出手，單純只要排除礙事的傢伙就好。他認為胡亂擔心是有弊無利。

「我當然有權利擔心哥哥啊！」

不過，深雪無法認同這種想法。

「確實，我胡亂擔心或許幫不上任何忙，可是讓我擔心一下哥哥也無妨吧？為了哥哥哭泣或生氣對我來說是很重要的事，絕對不是『無謂』！」

深雪撇過頭。達也對把頭撇向一旁後就動也不動的妹妹感到為難，同時起身前往深雪面前，打算先想辦法安撫她的情緒。

「深雪……」

達也想將手放上妹妹肩膀，卻撲了個空。

這不是因為被深雪甩掉。

是因為深雪突然起身抱過來。

「哥哥，您記得嗎……」

「記得什麼？」

達也如此反問，不過他的腦海確實浮現了某個記憶中的情景。

是去年九校戰第四天，也是新人賽第一天的夜晚。將「動態空中機雷」登錄在魔法大全索引時，達也拒絕刊載自己的名字，後來深雪來找他……

「我的心意從當時就完全沒變。今後也絕對不會改變。」

深雪簡直像是確定達也想起了什麼事般，繼續說下去。

「我站在您這邊。」

如同親眼看見達也內心浮現的情景。

「我永遠站在哥哥這邊。」

如同和達也共同擁有這份記憶。

「這一天肯定會來臨，絕對會來臨。我當時是這麼說的。」

深雪抬起頭。一反達也的預料，點綴深雪面容的是豔麗笑容。

「而且，這一天終於來了。雖然和我們想像的『這一天』不太一樣，但是哥哥可以自由展翅翱翔的這一天終於來臨了。」

只是在這張豔麗笑容中，卻看得見有如混入一滴墨汁的陰影。這令達也感到分外在意。

◇　◇　◇

深雪連續兩天遭到妨礙，現在正逗留在津久葉家的別墅裡。四葉家現任當家四葉真夜聽到葉山管家如此回報，忍不住發出笑聲。

「真是白費力氣。」

真夜這句不是嘲笑，反倒是溫柔的低語。

「看來分家的各位都低估達也閣下的實力了。」

葉山管家聽完主人的意見，便如此以恭敬語氣進行尖酸刻薄的批評。

「這座村莊的『結界』無法完全抵抗達也的『分解』，所以如果真的趕不上，只要從天空飛過來就好，但真的變成那樣就不得了了喔。他入侵時被『分解』的結界還沒重新架構好之前，能使用認知阻礙魔法的各位還得不眠不休地做苦力。畢竟重新架構也不是簡單的工程。」

真夜嬌豔地嘆了口氣。

「那麼一來，試圖妨礙我這道召集命令的分家眾人都得扛起責任，難道他們不懂嗎？」

真夜一臉傷腦筋的樣子，拿起茶杯飲用。

「先不論青木他們，但我有將正確情報交給各分家的當家了啊。」

「是的，您說得沒錯。」

被真夜以眼神質問的葉山管家如此回應，同時滿懷敬意地為真夜的杯子注入了無咖啡因的花草茶。

話說在四葉家，葉山、花菱、青木或小原都同樣叫作「管家」，不過實際上這個詞是指監督各業務人員的八個人，只有葉山真的是打理主人私下要求的管家。

現在也是私人的夜晚喝茶時間。正因如此，才可以隨口說出這樣的真心話。即使是真夜，也不會對葉山以外的下人發這種牢騷。反過來說，一視同仁地對分家所有當家……更正，對四葉這個組織本身感到憐憫與蔑視的這副模樣，才是真夜的本性。

「不過，並不是完全白費力氣。」

葉山目睹這一幕，態度也完全不變。他現在也是恭敬地向真夜表達自己的意見。這是避免主人內心困於不平與不滿的貼心之舉。

「依照花菱的報告，已經成功削弱反大亞聯盟強硬派餘黨，以及反大亞聯盟溫和派內部反十師族集團的戰力了。尤其松本基地的人造超能力者幾乎是全軍覆沒的狀態。今後應該不會再有那種人物來四葉家的庭院囂張跋扈了吧。」

「我打從一開始就不在乎人造超能力者的事。」

真夜冷漠哼笑，但因為態度乾脆，所以聲音中感覺不到剛才那種甜美的毒素。

「總之，年底的大掃除就此收工了吧？」

真夜問完，葉山露出微笑點頭。

「花菱說雖然程序有些微改變，不過需要的人員數量反而減少了。」

「這是當然的吧。就算引蛇出洞花了一些時間，但硬碰硬的部分實際上可說是都由達也一個人解決了。」

真夜的表情中帶有些傻眼。

「就先不提這個了。葉山先生，元旦的準備完成了嗎？」

「是的。之後只要等待深雪大人抵達就好。」

「那就不用擔心了。」

葉山在稍微猶豫之後開口說：

「夫人，真的不用阻止新發田大人嗎？」

葉山知道，新發田家當家計劃讓新發田勝成與他的守護者去阻撓深雪前來一事。真夜當然也知道。

真夜不知為何露出滿意的一笑。

「即使是勝成，也沒辦法阻止達也。」

在四葉家現在旗下的戰鬥魔法師之中，新發田勝成無疑具備頂尖實力，但真夜推測達也敗給勝成的可能性是零。

此時，真夜覺得自己彷彿看見了達也制伏勝成的模樣。

十二月三十一日早晨，達也等人從津久葉家的別墅出發，期望第三次可以平安抵達。順利的話，從別墅到四葉本家是兩小時。即使途中可能因為積雪而無法開得太快，也可以在三小時內抵達。夕歌提議可以吃完午餐再從別墅出發，不過達也考慮到今天必定會遭到妨礙，便主張儘早出發。

夕歌似乎是夜貓子，開車時看起來懶懶的，感覺身體還沒完全清醒。或許她就是因此才提議下午出發。

即使如此，她開的車依然順利消化行程，現在終於來到了通往四葉村莊的隧道入口。

隧道內部有岔路，必須在固定地點投射特定波形的想子波，才能進入通往四葉村莊的路線。意思就是隧道內設置了以無系統魔法為鑰匙的自動閘門。因此至少以陸上交通工具來說，四葉本家是和外界隔離的。

這個設施目的是用來隱藏前第四研的位置。機密程度特別高的前第四研只有名稱廣為人知，連政府與軍方高官都不確定其所在地。四葉家接管這座設施的同時，也將知道這個祕密的外部人士的記憶如字面上的意思進行「消除」，完全隱藏根據地的位置。

除了這裡，還有其他數個地方有設置相同的閘門，不過隨時都在運作的只有現在要前往的那一個。對於知道這一點的人來說，這附近是最適合設局妨礙的地點。

然而，這個區域隨時都在四葉家的監視之下，所以襲擊者也必須做好相對的覺悟。

夕歌藉此判斷來到這裡就不會再受到妨礙。

但達也認為他們肯定會在這裡遇襲。

兩人的觀點之所以不同，就是來自這種認知上的差別。

他們來到隧道口前的山路。

這時有道白色海嘯從斜坡上席捲而來！

「深雪，融化雪崩！」

在夕歌察覺雪崩來襲前一瞬間，達也就如此大喊。

「是，哥哥！」

深雪回應達也。

夕歌急踩煞車。

「水波，用半球護壁！」

「啊，是！」

雪崩從側邊捲向路面。

深雪的魔法將雪化為水。

車子停了下來。

半球狀的護壁包住車輛。

這些事情全發生在不到一秒的時間內。

濁流從停止的車子前面沖落。

雪崩從一開始就是循著不會直接命中夕歌車子的路線沖過。

「水波，解除護壁。」

「知道了。」

融雪形成的濁流沖落之後，達也便命令水波解除護壁魔法。

護壁還沒自然消滅之前，水波就消除了自己的魔法。

如此下令的達也以及執行命令的水波，都面帶嚴肅神情。

達也走下車，站在車前。

緊接著，水波、深雪與夕歌也依序下車。

岩石與倒下的樹木散落在車子前方。那些是雪崩以及融雪形成的濁流從山坡上帶下來的東西。四人來到這些東西前面。

「哥哥，這麼做的目的是要阻止我們前進嗎？」

深雪也察覺到雪崩並非衝著車子而來。她由此進行推理之後，便如此詢問哥哥。

「不，是埋伏。」

不過，達也的回答和深雪的推測略微不同。

「給我出來！」

出聲怒罵的人是夕歌。

「要是不出來，我就不客氣了！」

自己開的車即使在四葉家的管轄範圍內依然遇襲，刺激了夕歌的自尊心。

因為對方沒反應而感到不耐煩的夕歌從手提包取出了折疊型ＣＡＤ，按下側邊按鍵開啟數字鍵盤。

折疊型ＣＡＤ是從今年開始量產的產品，附數字鍵盤的手握部分是主體，打開的蓋子是用來輔助瞄準的天線。這種天線不像手槍型那樣是以槍尖瞄準對象，而是以蓋子表面朝向目標的平面天線。

這是ＦＬＴ兩年前在杜塞道夫發表的泛用型ＣＡＤ加瞄準輔助系統進入實用階段的新作，不過研發單位不是達也隸屬的開發第三課，是母公司的研發團隊。在去年九校戰讓這個技術進步到幾近實用階段的達也，只有提供如何將瞄準輔助系統嵌入泛用型ＣＡＤ作業系統的訣竅。老實說這在性能上還不至於和普通的泛用型有明顯不同，現階段只有少數早期採用者覺得有趣而使用，不過夕歌似乎意外喜歡奇特的事物。

然而無論她使用的ＣＡＤ性能是優或劣，她發動的魔法都不是開玩笑的等級。

精神干涉魔法「曼德拉」。

這個魔法會往術士前方一百五十度範圍內射出引發恐懼，並造成精神傷害的想子波。

曼德拉產生的不是造成恐懼的幻象而是恐懼本身。這不是降低意志克制力讓對象情感失控，而是直接產生「恐懼」這個情緒的魔法。

曼德拉沒有致命效果。但是中這個魔法的人無論精神抗性多強，都會陷入極度的恐懼，導致精神明顯衰弱。或許接受過恐懼承受訓練的人反而會受到更大傷害。這種人遭受本應已經克服的恐懼襲擊，大多會陷入恐慌。中這個魔法的人不是陷入虛脫狀態，就是因為內心無法負荷恐懼而昏迷。有些人還會留下嚴重的心理創傷。

名為「福波斯」的魔法也具備相同效果，不過這是以想子光為媒介的術式。相對的，「曼德拉」是以想子波動——說穿了就是以想子的「聲音」為媒介的魔法。

曼德拉不是以物理聲音傳達，是以想子的「聲音」傳達的魔法，所以即使阻絕了物理音波，也擋不住這個魔法。但如果是以魔法阻絕音波就另當別論了。這種狀況下，「阻絕聲音」的意義也會傳到想子領域，衰減傳送過來的想子波。

如同現在這樣。

夕歌使用「曼德拉」的同時，正前方也出現了另一個魔法。

那是音波衰減魔法「寂靜帷幕」。

寂靜帷幕無法完全防禦曼德拉，但可以降低效果。曼德拉經過寂靜帷幕弱化後，即使是不適合使用精神干涉系魔法的魔法師，也能利用強化自己的想子力場擋下攻擊。

「……這個魔法……是琴鳴小姐吧！我知道妳的真實身分了，給我出來！」

只不過，若要以這個方法防禦，就得預先知道對方要使用曼德拉。說到知道夕歌身分、擅長魔法，又擅於使用寂靜帷幕的魔法師，夕歌心裡只有一個人選。

「勝成表哥也別躲在女人背後，直接出來啊！」

就在夕歌挑釁之後，她眼前的路面就產生了空氣晃動現象。這不只是因為濕透的路面被熱線照射而造成水分蒸發，也是因為柏油在加熱之下形成局部的熱空氣層。

「是聲子邁射嗎……」

為了讓事出突然而受驚的深雪與水波冷靜，達也刻意輕聲說出這個魔法的真面目。

「我沒有躲起來。」

緊接著，一道清晰的低沉聲音從前方傳來，夕歌也揚起了看著晃動大氣的雙眼。深雪與水波也一樣。只有達也看見落在路面的大石頭後方走出三名男女。

「只是鑽過散亂的障礙物花了一點時間。」

比達也高一個頭以上，身高達一八八公分的高大身軀。身材看起來偏瘦，也因此完全沒有大個子常有的笨重感。他的體格強健到即使說他是重量級世界拳擊好手，也毫不突兀。這個人的真實身分是進入防衛省未滿一年的職員，同時是四葉分家新發田家的長男，也是四葉家下任當家候選人之一——新發田勝成。

「既然沒躲起來，為什麼沒有立刻回答我？」

夕歌一副很瞧不起他們似地哼聲詢問。

「我們原本打算接近到可以正常交談的距離再回答。」

待在勝成身旁的青年一臉不悅地想要走到前頭，但勝成伸手制止了他，然後回答：

「是妳在我們回答之前就先攻擊。夕歌表妹還是一樣好戰呢。」

勝成用一副很傷腦筋的樣子微微搖頭。

這種高高在上的態度使得夕歌柳眉倒豎。

「喔……躲在暗處引發雪崩偷襲人的勝成表哥，居然講這種話？」

「我將雪崩路線設定為不會殃及你們的車。那場雪崩沒有攻擊你們的意思。」

「沒錯！」

剛才被勝成制止的青年像是按捺不住般插嘴。

「之後的聲子邁射也是刻意不打中！和突然就真的打過來的妳不一樣！」

看來剛才的聲子邁射是這個青年發射的。

「奏太先生，可以請你退下嗎？」

這名青年的服裝與穿法都很休閒，感覺像是音樂人或畫家之類的藝術家。夕歌以做作的討人厭語氣對他這麼說。

「妳說什麼！」

「我在和勝成表哥說話。意思就是津久葉家的女兒在和新發田家的繼承人交談，沒有隨從出面的份。」

「妳這……！」

「奏太，好了。」

制止奏太的是隔著勝成站在另一邊的女性——琴鳴。

「姊姊……」

青年的全名是堤奏太。他是琴鳴的弟弟，同時也是新發田家僱來和姊姊一起負責護衛勝成的守護者。

「我們是勝成先生的隨從這點是無可爭辯的事實。夕歌小姐說的完全沒錯。」

「可是……」

「別讓勝成先生丟臉。」

這句話使得奏太退讓了。

「哇……勝成表哥很受部下的仰慕呢。」

夕歌的語氣暗藏挖苦的刺。

「原來並不是只有琴鳴小姐『仰慕』你啊。」

以話中有話的語氣說出的這句話，使原本已經退下的奏太臉色大變。

「是啊，託妳的福。」

不過，勝成讓人聽不透情感的低音阻止了奏太的爆發。

「我覺得這樣的部下配給我太浪費了。我總是希望自己能成為適合他們的主人。但我覺得照四葉家的作風來說，應該要對他們更冷漠一點。夕歌表妹，這方面我或許應該向妳看齊。」

這次輪到夕歌臉色大變。

「我也是守護者，請容我插嘴。」

夕歌之所以免於曝露醜態，或許是因為達也在絕佳時機介入了對話。

「無妨。畢竟你雖然是守護者，卻是當家大人的近親。達也表弟，我認為我們的立場差不了多少。」

勝成展現的大方態度，讓人難以辨識究竟是對於晚輩的親切，還是對待下人的那種粗魯。實

際上，深雪看起來就不知道該以何種態度面對勝成的言行，但達也本人當然不在意這種事。

「謝謝。我很快就會說完。」

他的態度看不出有任何變化。

「喔？什麼事？」

「只是簡單的請求。可以讓我們通過這裡嗎？」

正如達也本人所說，他的要求直截了當。

「嗯，這話很有達也表弟的率直作風。」

「不敢當。」

達也沒低下頭，甚至沒以眼神致意，只以話語如此回應。

他就這麼等待勝成的回答。

勝成大概是想配合達也的作風，態度沒有拐彎抹角。

「但是，我可沒辦法這麼做。」

勝成雙眼散發懾人目光。

「也容我說幾句吧。麻煩幾位沿著原路返回，這樣就可以避免無謂的摩擦。」

達也默默點頭。但這並不是表示要遵照勝成的要求。

「換句話說，如果要通過這裡，就無法避免摩擦是吧？」

而是表示「理解」的肢體語言。

勝成抿緊雙唇。兩旁的琴鳴與奏太臉上也浮現緊張神色。

「正是如此。」

勝成說出讓事情成定局的一句話——不對，他只是自認說出來了。

「那我有個提議。」

不過達也還有話要說。

在勝成內部建構到已經只需等待投射的魔法式，因為維持的意志中斷而消失。

「……說來聽聽。」

琴鳴與奏太謹慎地將手指放在CAD上。正對面的水波也保持隨時可以架設護壁的態勢繃緊神經，不看漏任何動靜。

在這樣的狀況中，達也朝與自己對峙的勝成說出意外的提議。

「雖然應該不需要我多說，不過四葉的守護者是保護主人不遭受任何危難的魔法師。」

「所以？」

「身為深雪的守護者，我不想讓深雪站上危險的戰場。對面兩位也是一樣的想法吧？」

「當然！」

回應達也這個問題的是琴鳴。

「我不希望勝成先生因為這種內鬨遭遇危險！」

琴鳴如同擔心心上人般，吐露心中的強烈情感。

「我的想法也和姊姊一樣。」

弟弟奏太也出聲附和。

達也一臉正經地點頭。

勝成感覺自己像是中了惡質的詐騙手法。

「……喂，難道……」

他看見達也這張表情，便得出了某個推測。

「我們想通過這裡，而你不希望我們通過。」

勝成想發言時，卻被達也搶先說下去。

「要打破這個僵局，就無法避免爭鬥。那麼……」

「等一下！」

「要不要以守護者間的決鬥來決定呢？這邊由我單獨上，你們那邊兩人一起也無妨。」

「不行！」「好啊！」

勝成與琴鳴同時做出完全相反的回應。

「我們這邊有第三方的夕歌表姊，所以會讓水波負責保護深雪與夕歌表姊。我保證不會讓她們出手。」

達也不理會兩人不同調的回應，迅速講完自己要講的話。

「請讓我們來！」

「不行，太危險了！」

只不過勝成那邊也差不多。他們沒聽完達也說話，同夥之間就起了口角。

「達也不是你們認為的缺陷品！即使是我，也不敢說可以確實打贏他。他可是在前任當家英作大人的授意之下，從出生之後就被培育為戰鬥魔法師啊！」

「我們也是被造來戰鬥的調整體魔法師『樂師系列』第二世代啊！我們是從出生之前就在基因中植入戰鬥能力的魔法師，無論對手是誰，我們都不會輕易落敗！」

「我不是這個意思！達也和你們是不同次元的人啊！他第一次殺人，是在六歲的人造魔法師實驗之後。那時他毫不猶豫地使用剛獲得的力量對付一個很有幹勁的三十歲戰鬥魔法師，而且他會贏不是意外也不是暗算，是打從一開始就是在相互廝殺的狀況下讓這個魔法師倒在血泊當中。當時他才六歲耶，甚至還不到上小學的年紀啊。」

勝成提供的情報使得琴鳴睜大雙眼，不禁語塞。

啞口無言的不只是他。還包括水波，甚至連深雪都繃緊了表情。

「琴鳴，妳六歲的時候在做什麼？」

琴鳴無法回答勝成這個問題。

「勝成表哥。」

回應勝成這番話的是達也。

「請不要隨便洩漏他人的隱私。」

勝成目光移向達也，再看向深雪與水波，然後露出了尷尬的表情。

「老闆，請讓我們來吧。」

此時奏太介入了。講得如同在叫咖啡廳店長的他，說出了支援姊姊的話語。

「這傢伙看起來確實難應付。光是和他面對面，我的後頸就傳來一陣刺痛。但我不認為二對一還打不贏他。」

奏太的主張令勝成蹙眉。

「你說二對一就有勝算——但達也的策略就是讓你們這麼認為。」

「就算真是這樣也沒關係吧？畢竟二對一可以讓情勢對我們比較有利。」

「可是……」

勝成在思考該如何說服兩人時，又換深雪介入了對話。

「新發田勝成表哥。」

深雪刻意以全名稱呼勝成。語氣客氣柔和，卻也冰冷得彷彿會令人背脊凍結。

站在達也身旁的深雪，以神采奕奕的眼神筆直看向勝成。

「主宰四葉家的姨母大人吩咐我出席將在元旦舉辦的慶春會。為了完成這道命令，我必須在今天抵達本家。」

伴隨美妙抑揚頓挫的流利口吻聽起來像是在吟詩，也像是在唱歌。別說反駁了，這甚至不允許他人附和。

「妨礙我的去路，等於妨礙姨母大人的命令。如同勝成表哥所說，這種做法如同忤逆姨母大人，新發田家將被視為對本家造反。想必您也明白這一點吧？」

勝成不知道該怎麼回答。他抱持會被解釋為造反的覺悟出現在這裡，但他沒有看開到甘願被直接斷定新發田家意圖違抗本家。

深雪掛著天使般的笑容看向勝成。那不是一般人對鄰居露出的笑容，而是法官對罪犯露出的笑容。

「但您應該也有自己的立場吧。所以，我不是要向姨母大人告發您的所作所為，而是想交由哥哥處理這個場面。要是哥哥落敗，我會乖乖折返。」

這不是提議，是威脅。勝成應該有預料到會被當成叛徒，也做出了覺悟，但不知何時，整個新發田家都被當成人質，陷入了絕境。

「很遺憾，我無法給您太多時間。請做出決定。」

「……由我和達也表弟交戰，這樣不行嗎？」

勝成以透露出苦惱的聲音反問。

深雪帶著過意不去的表情搖頭。

「我說過交由哥哥處理。至於哥哥的想法，也正如您剛才所聽到的。」

勝成持續陷入迷惘，沒察覺自己已經掉進達也設下的思緒陷阱。

原本勝成不需要在這時候迷惘。他下定決心要竭力將達也他們趕回去，才來到這裡。既然一開始就想這麼做，那他就沒必要得到深雪的許可再和達也交戰。

只不過，勝成之所以束手無策，也是因為他自己規劃的行動方針相當半吊子。深雪與夕歌不會乖乖掉頭離開這種事用不著交涉也知道。反正最後都得採取強硬手段，照理說勝成、琴鳴和奏太應該不需先下最後通牒，直接二話不說地展開攻擊才對。

正因為勝成貿然認為「還有和平討論收場的餘地」，原本應該全面對決的情況才會變成被迫面對「附帶條件的決鬥」這個選項。這樣一來就使得自己無法首當其衝，還害得琴鳴暴露在危險之中。明明只要說句「我拒絕」就能了事，他卻陷入了不能這麼說的狀態。

時間過得越久，精神上就被逼得越急——但只是表面如此，狀況從一開始就完全沒變。

「我堤琴鳴代替主人新發田勝成接受司波達也閣下的挑戰！」

拯救勝成脫離絕境的人，果然還是琴鳴。

「琴鳴！」

勝成當然會想制止琴鳴，也大聲喝斥她，但琴鳴這次沒有退縮。

「勝成先生，事到如今別無他法。不，對於想避免同族自相殘殺而沒選擇先行偷襲的勝成先生來說，這是最好的結論。因為無論結果如何，都不會導致傷害或失去當家候選人。」

「就算這樣，也不代表可以失去妳啊！」

「我不會輕易落敗。這場對決，我一定會贏給您看。」

「琴鳴……可是……」

勝成非常擔心琴鳴，不過琴鳴豎起食指，封住他的嘴。

「勝成先生，請看看深雪小姐。」

她引導勝成將視線投向深雪。

「深雪小姐相信哥哥會勝利，所以她不為所動。」

正如琴鳴所說，勝成眼裡的深雪絲毫沒露出不安神情。

「勝成先生不願意相信我嗎？」

鬧彆扭的語氣，以及帶著淘氣笑意的雙眼。不過勝成知道這是琴鳴在逞強，是努力裝出來的模樣。

琴鳴知道達也的恐怖。她原本就有在和奏太會合之前的四天中，數度和勝成討論達也使用的

「分解」之威脅性以及「重組」的驚異度，她也有了解到達也身為戰士是多麼異於常人。

那些訓練不是為了讓他擔任護衛，而是打倒敵人。即使是勝成，也無法僅用三言兩語來說明達也雖是魔法師，卻接受過各種利用武器與招式打倒敵人的戰鬥訓練的事實。不過憑琴鳴的理解力，光是勝成剛才舉的例子，就能讓她理解到達也非比尋常才是。

即使如此，她還是像這樣逞強。逞強，並且希望勝成相信她。

「……知道了。我相信你們。」

勝成認為既然這樣，那自己也得回應她這份心意才行。

「琴鳴、奏太，去打一場勝仗吧。」

「交給我吧！」

「請交給我！」

堤姊弟如此大喊之後，便走到了達也面前。

達也以手勢指示深雪退後。

勝成也配合深雪退後。他在後退的同時以魔法將散落在路面的岩石與樹木推到路邊，這麼做大概是為了見證琴鳴他們戰鬥的樣子吧。

重新面對琴鳴與奏太的達也，不知為何露出了看起來很過意不去的表情。

「……怎樣？」

達也以含帶躊躇的聲音回答奏太的詢問。

「抱歉在感動的場面潑你們冷水，但我不是要打得你死我活。」

琴鳴的臉染上一抹紅暈。

「就……就算想用這種話讓我們大意，也是沒用的！」

「我沒有打算耍這種心機。」

「那就隨便你吧！我們可不會放水喔！」

看來奏太想藉由對達也出言不遜，來掩飾內心的難為情。

就達也看來，這只是對方擅自誤會又擅自炒熱氣氛，但感覺要是出口指出這一點，就會毀掉難得達成的共識。總之，他們已經被拖住了兩天，要是繼續受到阻撓，達也大概會無法克制「想飛走」的心情。

「話說，要直接在這裡開打嗎？還是換個地方比較好？」

達也問完，琴鳴就朝身後一瞥。這是在確認勝成是否退得夠遠，但她看到勝成點頭回應自己的視線後，卻不禁移開了目光。

「在這裡就好。」

「那麼……」

達也回應的同時，琴鳴的身體也飛上高空。

「琴鳴！」

前方的奏太正對達也發動攻擊，但勝成無法從容見證攻擊造成的結果。勝成的雙眼直盯著被推測是用飛行魔法改編的重力魔法打到空中的琴鳴。

突然被打上高空的精神衝擊，使得琴鳴未能採取降低墜落速度的著地措施。此時勝成朝她伸出援手。

他以慣性控制魔法中和琴鳴身體承受的G力。

再以減速魔法減緩落下速度。

最後以移動魔法將落點變更到自己的上方。

勝成以按鍵式的手機造型CAD叫出三個啟動式，接連朝琴鳴使用。

勝成不是將三個魔法當成三個工序組成的單一魔法施展，而是連續施展三個魔法。不過多虧他迅速又謹慎地使出魔法，避免事象改寫的定義內容相反，才沒造成相剋或增加所需的干涉力。

琴鳴的身體順利按照勝成所想，落入了他的懷中。

「謝……謝謝您。」

被勝成橫抱著的琴鳴害羞到紅起臉頰，就這麼在勝成懷中向他道謝。

勝成藏起深深鬆一口氣的內心，將琴鳴放到路面上。

「不好意思，勝成先生。我光是提防他的『分解』與直接攻擊……結果變得對其他魔法毫無防備。」

「小心點，達也現在可以利用閃憶演算使用『分解』與『重組』以外的魔法。這件事我應該說明過很多次了。」

「是……」

「他的閃憶演算威力只算三流，但發動速度在四葉之中也是最快的。而且他還可以瞬間重複發動相同魔法好幾次，彌補不足的威力。妳剛才也親身體驗過了吧？」

「是的。」

「知道的話就上吧。奏太正陷入苦戰。」

「我知道了。」

勝成克制想要代替他們上場的心情，在叮嚀琴鳴之後送她上戰場。

達也趁奏太分心注意飛向空中的姊姊時，以手心打向奏太胸口，也就是心臟的正上方。並在同時注入虛擬波動的振動波。

不過，這個振動魔法還沒撼動奏太的心臟，就被流經他體內的另一種波動阻擋了下來。奏太朝自己身體使用振動魔法，使得虛擬波動失效。

以事象干涉力更強的魔法，進行魔法的覆寫。

奏太主動向後翻滾，同時用左手手指彈指。

手指響聲化為轟聲襲來之前，達也就分解了音響增幅的魔法。

不過，奏太因而逃出攻擊間距。

「居然偷襲？有你的！」

奏太揮動右手所握的短槍身特化型ＣＡＤ，數度扣下扳機。

空中出現和他扣扳機次數相同數量的發聲魔法式。

那是可藉由發射轟聲造成人體功能暫時失調，且具備指向性的砲台。

但振動系魔法「音響砲」還沒發動，達也就將之悉數分解，使其失效。

「嘖，這就是術式解散嗎！」

看來奏太生性習慣要對戰況一一說出感想才肯罷休。

他這麼做說不定是要鼓舞自己。確實是無法否定這麼做可以提升鬥志，不過就達也看來，這種做法不只白費力氣，還會成為破綻。

達也讓全身充盈想子。他不是以神經，而是以想子掌控身體的運動控制功能。

「那這一招怎麼樣！」

奏太如此大喊，將ＣＡＤ朝向達也。

這時候的達也已經進逼到奏太面前。

「縮地法」。不是仙術的「縮地」，是武術的「縮地」。

這是八雲傳授給達也的身體操作技法之一。縮地法這個名稱也是聽八雲說的，不曉得實際上是否真是這個名稱。

達也一點也不在乎歷史上的正確名稱為何。

重要的是招式效果。

達也身上並沒有出現自我加速魔法的發動徵兆，就突然出現在奏太面前，使奏太驚訝得瞪大雙眼。

在奏太還沒反應過來之前，達也就打掉了他的ＣＡＤ，一拳打向心窩。

奏太發出呻吟，彎起腰往前倒下。

剛才那一拳沒有併用振動魔法，是純粹的格鬥術，使得奏太用魔法在體內製造的振動波就這麼在發揮一點用處之前消失了。

達也試圖只靠一招就剝奪奏太的意識。雖然不會致命，不過好像只要不會致命，達也就不在乎會造成何種後遺症。然而，有如踢足球般踢向頭部的這一腳沒能真的踢出去。

達也一邊往後跳，一邊處理掉散布在自己周圍的「音響炸彈」。

勝成送出琴鳴，是在「音響砲」接連被擊落的不久之後。當時琴鳴和奏太之間頂多距離三十公尺。

但她趕到剩十公尺距離時，奏太已經渾身無力地倒在路面上了。

琴鳴將呼叫弟弟的時間節省下來，操作起ＣＡＤ。

調整體「樂師系列」是被製造來用於戰鬥的魔法師，擅長振動系魔法，尤其是干涉音波的魔法。不過雖然通稱為戰鬥用，擅長的魔法傾向也各有不同。比起攻擊用的魔法，琴鳴是更擅長索敵、迷惑、妨礙偵測與減輕損害的戰鬥輔助類型魔法。

她擅長的魔法是「主動聲納」、「寂靜帷幕」與「音響炸彈」。屬於攻擊手段的「音響炸彈」主要也不是用來打倒敵人，而是用來牽制敵人的輔助魔法，論直接攻擊力是比不上擅長「音響砲」與「聲子邁射」的弟弟奏太。

即使如此，看到弟弟陷入危機，她還是盡可能以最快速度大量放出自己擅長的攻擊魔法。從作用點朝球狀範圍發出巨大聲響的「音響炸彈」在這麼近的距離下使用，一般來說也會波及同伴與自己。

不過，琴鳴與奏太隨時都有對自己以及籠罩自己的空氣層施加聲音的情報強化。對於兩人來說，施放這個魔法就跟魔法師放出保護自己不被他人魔法影響的情報強化防壁「情報體皮層」一樣自然。對肉體有害的「聲音」，都會因為這個常駐型的防禦魔法變得無害。

琴鳴就是基於這樣的計算，才全力施展這個魔法。

不過，琴鳴的「音響炸彈」還沒化為具體的聲音，就全被達也的術式解散分解了。

「居然一次就消除了朝二十四個地方設置的魔法！」

琴鳴驚愕地說道。她應該別講這種廢話，立刻展開下一個啟動式比較好，但這或許是旁觀者清的評論。畢竟達也癱瘓魔法的能力確實令琴鳴由衷感到意外，而她也沒想到這段小小的停頓會成為破綻。

達也突然從琴鳴的視線範圍內消失。

他只是跳到斜前方的上空，但琴鳴的眼睛跟不上他的動作。

這是只在跳起的瞬間使用加速系魔法的單純跳躍。由於沒併用慣性中和魔法，讓達也承受了相當大的G力，但他已經習慣了。最重要的是他沒使用持續性的魔法，所以琴鳴不只是肉眼看不見，魔法知覺上也捕捉不到達也的動作。

達也在空中再度使用加速魔法轉換方向。

琴鳴感受到魔法的氣息轉過身時，達也已經進逼到她的跟前。

如果對方是奏太，達也大概會直接把人踢飛吧。

不過對手是琴鳴，他就無法乾脆地出手了。

會這樣並不是因為他內心突然產生要憐惜女性的想法。達也擔心要是用這樣的力道衝過去，達也在著地的同時朝琴鳴脖子伸手，利用尚未散去的衝勁一口氣壓制住她。

達也以不讓瞬間被擊倒的琴鳴受傷的謹慎動作，讓她躺到路面上。

吃下達也一記正拳的奏太終於恢復到能行動的狀態時，目睹了姊姊被達也掐住脖子按在路面的模樣。

「放開姊姊！」

奏太迅速撿起掉在地上的ＣＡＤ，朝達也施展聲子邁射。

即使是達也，中了這個魔法也無法免於受創。不對，即使不到克人或水波的水準，只要是高階魔法師或許都能以護壁魔法擋下，但要是來不及架設護壁就被打中，對於達也以外的人來說將是足以致命的攻擊。

但這道聲子射線在中途就遭到消除。

其實是魔法式在發動的下一瞬間就被分解，使同調波瞬間斷絕，才會感覺像中途消失。

聲子邁射基本上有命中達也，但是照射時間太短，甚至沒能燒焦衣服。

「為什麼？」

奏太無法相信自己擅長的魔法一反自己所想地消失，重新發動聲子邁射。

兩次，三次，四次。

但他的魔法每次都被達也消除，沒有再顯現過第二次。

達也再度跳躍。

這次是跳向奏太。

但達也的身體在空中被壓縮空氣產生的爆炸命中，使他遭到擊墜。

「哥哥！」

達也大概是聽到了深雪的呼叫，在被震飛之後立刻站起身子。

「勝成表哥，這是怎麼回事！」

深雪才放心沒多久，就厲聲批判勝成。

因為剛才的壓縮空氣彈是勝成製造的。

勝成沒回答深雪的質詢，再度製作壓縮空氣彈。

空氣彈產生的速度快到達也來不及消除。因為這是四葉家下任當家候選人——新發田勝成擅長的魔法。

勝成擅長的魔法是「密度操作」。這是聚合系魔法的基礎魔法，不過正因為是基本技巧，所以適用範圍也很廣。這種魔法可以直接操作氣體、液體、固體等所有物質的密度。

例如只要降低固體局部的密度，該處就會產生洞。剛才的雪崩就是藉由操作雪的分布密度來連續製作雪量減少的點引發的。

操作液體密度，就能製造出高壓液流，也能讓液流違抗重力逆流而上。

而操作氣體密度，就能製造出真空吸引器般的氣流，或是利用釋放壓縮空氣產生暴風。

勝成擅長「普通」的魔法，不像四葉魔法師的風格。不過，他的魔法可以應付的狀況非常廣泛，而且發動速度快，同時發動的數量又多，事象改寫的規模也大，就「一般來說」是很優秀的魔法師。

達也一發現來不及消除魔法式，就將分解目標改為「造成空氣密度差異的動態構造」。

一種干涉力試圖打造空氣密度高的區域。

另一種干涉力試圖分解造成空氣密度差異的動態構造。

——兩種干涉力相互抗衡。

結果造成勝成的魔法沒有成功發動。

「什麼！」

奏太從喉中吐出驚愕的叫喊。

勝成和堤姊弟間的差異，就在於他不會因為擅長的魔法被擋下就停手。

如今勝成完全加入戰局，著手發動下一個攻擊達也的魔法。

不過，突然在局部產生的強烈上升氣流阻止了他的行動。

這股氣流不足以讓身體上浮。而那道氣流本身並非藉由魔法產生的。

以勝成為中心產生的上升氣流，是在上空發動的魔法使然。

勝成正上方出現了氣旋，而吸入的風受到突然減壓而冷卻下來的稀薄空氣影響，內含的水分逐漸凝結成細小冰粒。

減壓的原因，是占空氣成分約八成的氫氣同時大量液化。

深雪在勝成的干涉力無法觸及的高度發動「冰霧神域」。

液化氫的霧和氣旋結合，成長為被重力牽往地面的雨滴。

雨雪從勝成頭上灑落。

降下的冰是水的結晶，但雨滴卻是達到攝氏負兩百度的液態氫。

勝成架設反物質反射與真空膜兩層護壁。

液態氫氣化造成的低溫即使沒有直接碰觸，一個不小心也可能會威脅性命。

勝成停止動作。

達也做出三次跳躍。

奏太以手槍造型ＣＡＤ瞄準達也，卻跟不上三度在空中利用蹬步改變方向的達也。

奏太的下場和姊姊琴鳴不同，是被達也的跳踢毫不留情地踢飛出去。

「哥哥，您還好嗎？」

達也俯視倒在路面上的琴鳴與奏太，深雪則跑到他的身邊。

——但勝成沒有發動攻擊。

「有沒有受傷？」

深雪擔心著達也被勝成第一顆壓縮空氣彈擊墜時受到的傷害。

「我沒事。沒有傷到必須『回溯』的程度。」

達也露出微笑表示自己平安無事。

「太好了……」

達也面前的深雪深深鬆了口氣。

水波來到達也身旁，並向他遞出方巾。

「達也大人，請用。」

「喔，謝謝。」

深雪投以犀利的目光，但是對象不是水波或白色方巾，而是勝成。

「勝成表哥，我再問一次。您剛才介入戰鬥，究竟是什麼意思？」

勝成還沒回答，來到深雪旁邊的夕歌就跟著批判。

「勝成表哥，你剛才那是卑劣的暗算行為。你不只違背只讓達也表弟和琴鳴小姐、奏太先生諾言，還做出暗算這種不知羞恥的行為，希望你可以解釋這麼做的理由。」

不知為何，達也打斷了深雪與夕歌的質詢。

「深雪，還有夕歌表姊，可以改天再講這件事嗎？」

「為什麼？」

如此詢問達也的是先前一直保持沉默的勝成。

「要是扔著他們兩人不管，會留下後遺症喔。」

達也的回答，正是勝成現在擔心的事。

「考量到現代醫學與魔法治療的水準，他們應該不會終生殘障，但我覺得至少還是立刻做一下急救比較好。」

達也不等勝成回應，就轉身看向深雪。

「我們先趕路吧。」

深雪默默點頭。對於哥哥這番話，她不只沒有想反駁的意思，甚至沒有絲毫不滿。

達也將擦過臉的方巾交給水波。水波謹慎地收下，隨後把方巾簡單摺好拿在手上。

達也看向夕歌。

「夕歌表姊，可以請您開車嗎？」

夕歌和深雪不同，她不滿地皺起眉頭說：

「達也表弟願意就這樣放過他們嗎？」

夕歌看著勝成這麼問。

勝成正面露拚命神情以魔法治療琴鳴與奏太。即使不是兩人同時而是輪流治療，也是連醫療型魔法師都難以做到的高階技術。此外，從他沒有因為私情就只先救琴鳴這一點來看，應該可以說他是個好上司吧。

但夕歌就算看到這一幕，心中對於勝成在剛才「決鬥」時做出那種行為的負面印象也是絲毫未減。

「就算您問我願不願意……說到底，我根本沒理由責備他。」

達也的回應令夕歌相當意外。

「咦？但你剛才不是被他偷襲嗎？」

「那是因為，他的『工作』是阻止深雪繼續前進。我原本還覺得他們三人很可能一開始就聯手攻擊。」

夕歌傻眼地望著以平淡語氣道出這段話的達也。

「所以你才會一開始就先將琴鳴小姐拋向勝成表哥那邊嗎？」

達也沒回答夕歌這個聽來像是責備的問題。

「而且，我的目的是讓深雪順利出席元旦集會。考量到還要做些準備，我們不是只要今天之內抵達就好。我想儘早前往本家。」

「原來如此……只要勝成表哥沒有繼續阻撓我們，其他的事情就不重要是嗎？」

夕歌再度觀察勝成。他似乎已經對琴鳴做好了急救，現在琴鳴已經恢復意識，而且雖然還無法站起身，也可以坐起上半身了。她原本就只是昏迷，沒有外傷，只需要擔心她會不會太久才清醒就好。目前勝成正蹲在奏太旁邊進行治療。

「知道了。既然你願意放過他們，我『現在』就不會把這件事視為問題。我們走吧。」

四人搭上車後，夕歌便發動了車子。

車子行經在路上繼續治療的勝成身邊時，勝成也沒看達也他們一眼。

[6]

結果達也他們是在下午三點抵達四葉本家。

前來迎接的傭人帶夕歌前往津久葉家平常使用的別館。

水波受命先前往搬到東京之前居住的四人房。她在這裡的身分不是客人，是下人，所以或許已經換上幫傭的工作服在為明天做準備了。

達也與深雪被帶到主屋裡的客房，是兩個房間相連的和室。達也和水波不同，在待遇上不是被當成下人，而是深雪的哥哥。達也隱約覺得傭人們對他的態度和以往不同，但他沒找人問態度轉變的原因，只是和深雪在同個房間裡待著。

「打擾了。」

說著打開紙門的，是身穿黑色長袖連身裙加白色圍裙的水波。這副模樣和達也與深雪第一次見到水波時一模一樣。

「達也大人、深雪大人。」

水波深深叩頭到額頭都碰到了榻榻米以後，又抬頭這麼說。她尊稱達也「大人」，而且在呼

「水波，在這裡別用這個稱呼比較好吧？」

達也當然不是要求水波一如往常地使用「達也哥哥」與「深雪姊姊」的稱呼。如果在只有他們三人的地方倒還好，但達也擔心水波在有外人耳目的地方叫他「達也大人」，可能會引來資深幫傭的側目。

「不，白川女士要屬下傳話。」

她說的「白川女士」是管理四葉本家女傭們的女性，以簡單易懂的方式形容就是「侍女長」。此外，她的配偶是四葉家第六順位的管家，且輔佐著管理所有下人的首席管家葉山。

「請達也大人與深雪大人在七點時前往裡面的餐廳。夫人會在那裡等待兩位。」

水波以平淡的語氣告知。

「以上是傳話內容。」

最後以此話做總結。也就是說，「達也大人」與「深雪大人」這個稱呼與順序，應該是她直接模仿白川女士的口吻所致。

達也與深雪轉頭相視。他們的記憶中，白川女士稱呼達也時未曾加上「大人」兩個字。她在深雪同席的時候是稱呼「達也閣下」，只有達也一人時是「司波先生」。

四葉本家果然正在發生某種變化。而且是關於達也的變化。這對於他們兩兄妹來說感覺不算負面變化，卻令人覺得莫名詭異。

「裡面的餐廳？姨母大人在等我們？她真的這麼說？」

「是的。」

不過，深雪在意的是另一個重點。在這種情況下，深雪的著眼點才是對的。

「……大概是有話要事先跟我們說吧。」

達也連忙思索真夜的意圖何在。

這裡說的「裡面的餐廳」是真夜私下舉辦餐會的場所。那不是她的私人餐廳，是用來招待特別重要的客人的地方，或是用來在用餐中開極機密會議。

達也知道明天的集會是要指名下任當家，並將這個消息告知四葉全族的集會。達也閱讀邀請函……應該說召集令的時候，就推測很可能是這麼回事，而且也從黑羽貢那裡得到了證實。

在這個時間點叫深雪前往「裡面的餐廳」的理由，只可能是關於明天的事。

「水波，文彌與亞夜子應該已經抵達了吧？夕歌表姊與勝成表哥是不是也被叫去了？」

「文彌大人與亞夜子大人從昨天就住進來了。關於夕歌大人與勝成大人是否有受到傳喚，屬下不清楚。」

「這樣啊。」

看來不是宅邸幫傭們都知道的餐會。達也推測供餐人員應該也會特別挑選過。

「哥哥，姨母大人事前要說的事，難道是明天的……」

深雪趁著達也短暫思考時這麼問他。與其說是詢問，應該說是確認。

「嗯。恐怕是要召集下任當家候選人，預先告知明天的事吧。照理說應該不會有人因為自己沒被指名而失控，不過姨母大人大概是覺得即使只是做做樣子，也有必要暗示一下。」

「夕歌表姊說過會退出競爭，但勝成表哥應該想得到下任當家的寶座吧？」

他甚至還答應接下妨礙工作。深雪認為勝成可能是想阻止她在明天被指名為當家，以留下自己爭取當家寶座的機會。

「不，應該不可能。如果他真想得到當家地位，照理說不會弄髒自己的手。」

但是達也的想法相反。他推測勝成做出那麼激進的行為，是因為已經放棄當家寶座。

「不過，也要到時候才能知道事情會怎麼演變。對了，水波……」

達也突然察覺自己必須確認一件事。

「我也有被叫去參加這個餐會嗎？」

白川女士要求轉達的內容指示達也與深雪兩人都要前往裡面的餐廳。

達也未曾在這座宅邸和深雪以外的人一起用餐。以往都沒被叫去一同用餐過。

「是的。麻煩達也大人也和深雪大人一起參加。」

「我知道了。」

水波再度磕頭。

「有事需要吩咐的時候，請使用那邊的呼叫鈴。屬下會立刻過來。」

水波以視線示意桌上的手搖鈴，隨後便像是在表達沒有其他要事了一般站起身。

「水波。」

不過，達也卻出聲叫住她。

「是。」

水波面向達也，坐到榻榻米上。

達也簡單說明用意。

「希望妳幫忙詢問黑羽閣下是否方便。可以的話，我想盡快單獨與他見個面。」

「遵命。」

這次水波真的消失在紙門的另一邊了。深雪目送她離去之後，便朝哥哥投以疑惑目光。

「哥哥，請問您找黑羽舅父大人有什麼事？」

「不是什麼大不了的事，只是想問一些問題。」

「是關於我們這次為何受到妨礙嗎？」

「大概吧。包含這件事在內，我要去做個確認。」

深雪雙眼浮現躊躇，移開了目光。深雪沒看著達也的臉，有些不滿地繼續詢問。

「為什麼是單獨見面？」

「因為我覺得這樣比較好。雖然只是直覺這麼想。」

達也似乎也不太確定，眼神中看得出迷惘。

「我不能和您一起去嗎……？」

「黑羽先生應該不會在妳面前說實話吧。」

「意思是如果只有哥哥一人就肯說？」

「我的意思可不是他信賴我。我覺得無論是多麼過分的話語或是多麼難以入耳的醜聞，只要是在自己討厭的我面前，他就願意發洩。」

深雪依然想開口說些什麼，但最後還是閉上雙唇，低下頭來。

接著兩人之間便出現一陣短暫沉默。

「……我知道了。」

這次讓步的是深雪。

「黑羽舅父大人那邊就交給哥哥商談。相對的，請將您問到的內容也告訴我。只要是哥哥判斷說出口不會造成大礙的消息就好。」

「知道了。不過等明天的慶春會結束再跟妳說吧，目前我不想害妳心煩。」

「……是。」

雖然應該不是抓準兄妹倆講完話的時間點，不過水波在兩人談完沒多久之後就回來了。

「達也大人，方便打擾嗎？」

「嗯，進來吧。」

「是。」

水波和剛才一樣坐在距離紙門不遠的地方。

「黑羽大人表示現在可以見面。地點在他的別館。」

深雪不安地注視達也，達也則露出「別擔心」的表情點點頭。

「知道了，我接受邀請。」

「那麼就由屬下為您帶路。」

水波站起身子。

達也也站起來，再度轉頭向深雪笑著點頭說聲「沒事的」，隨後便跟著水波一起離開。

黑羽貢待在他母親居住的別館。他的母親是前任當家英作與前前任當家元造的親妹妹。

換句話說，也就是達也的姑婆，但達也和她完全沒有交流。當然，達也也是第一次進入這間別館。

水波只帶達也到別館的入口，接下來則由負責打點這裡的女傭接棒帶他到會客室。

會客室裡頭已經準備好茶具了。帶路的女傭把手伸到看似鐵瓶的容器上，容器就立刻冒出蒸氣，應該是因為已經預先加熱過了吧。女傭當場朝茶壺注入開水，端茶到達也面前。雖然不是抹茶而是煎茶，不過達也不打算要求這麼多，也覺得不特地開口要求比較輕鬆。

女傭收掉茶壺，卻將鐵瓶留在原位，或許也是要用來調節室內的溫濕度吧。放在電磁加熱器上的鐵瓶內熱水沒有沸騰，而是慢慢飄出蒸氣。

黑羽貢現身的時候，達也已經喝掉約三分之一杯的茶了。

「抱歉讓你久等了。」

為他帶路的女傭幫達也換過一杯茶，也放了茶杯到貢面前。

貢一以眼神示意，女傭就在行禮之後立刻離開房間。

「沒關係，我沒等太久。」

達也回應之後，貢點了點頭，拿起茶杯喝茶。

和前幾天來ＦＬＴ的時候相比，貢這次看起來鎮靜許多。或許是因為深雪已經抵達本家，所以他已經死心了。

「所以，你說想要和我談談，究竟是有什麼事？」

貢說完，達也刻意睜大雙眼。

「您上次不是跟我約好了嗎？」

「約好？和我？」

「是的。」

達也說到這裡先暫時停下來觀察貢的表情，但是他看貢好像不打算主動回答，就決定自己切入話題。

「您五天前在ＦＬＴ和我見面時，答應過『如果在期限之內抵達就回答理由』。」

貢輕聲咂嘴。他似乎很懊悔自己如此大意，但是達也不打算體諒貢的心情收回要求。

「問了會後悔喔。」

「我不想因為沒問而後悔。」

貢面有難色地抿緊雙唇。

但是不久之後，他就不情不願地開口說：

「好吧，我就告訴你。但我不接受詢問。因為就算問了，我也沒辦法回答。」

貢說完移開目光。

不對，他的雙眼依然朝向達也，但是目光卻聚焦在不是這裡的遠方……更正，是連結到昔日的某個時候。

接著，貢便開始一段漫長的回憶。

——那是距今十八年前的事。

——我們四葉一族的所有人收到某個消息，都感慨萬千地滿懷期待。

——這個消息，是深夜表姊懷孕的喜訊。我們立刻聚集在這裡。來到正在老家……也就是在這個本家等待生產的深夜表姊身旁。

——當時在一族之間，關於二〇六二年那場悲劇的記憶比現在鮮明得多。是的，就是真夜表姊被大漢綁架過去當作人體實驗材料，那段不堪回首的事件的記憶。還有為了報復而犧牲族內三十位重鎮作為代價的悲傷。

——下一代的生命萌芽了。光是這樣就是件可喜可賀的事情。雖然也有人顧慮失去生育能力的真夜表姊，但真夜表姊比誰都還由衷祝福深夜表姊。因那場事件斷絕的姊妹羈絆，或許會因為繼承血統的兒子、繼承血統的外甥誕生而重新建立。即使兩人的感情無法恢復到以前那樣，但或許有機會看見如往昔和睦的雙胞胎姊妹。我們是這麼想的。

——不過更讓我們樂不可支的，是深夜表姊的肚子裡出現了新的生命。

——接受了在反覆計算下挑出的配偶之基因，又由世界最強精神干涉系魔法師孕育的生命。大家預料未來誕生的孩子即使不加以訓練，也會成為出色的魔法師。沒有人質疑這一點。

——然而我們期待的，以及令我們抱持希望的，不只是這件事。

——深夜表姊很擅長，專屬於她的魔法「精神構造干涉」，是改造精神形體的魔法。

——接受精神構造干涉魔法的個體年齡越大，副作用就越強。若使用在自我意識尚未發育成熟的孩童身上，不只很少出現副作用，魔法定型之後的穩定度也高。深夜表姊說會這樣的原因，在於自我意識會抗拒外力干涉精神構造。

——那麼，如果是自我意識豈止尚未發育成熟，而是根本還沒有成形的胎兒，不就可以盡情修改精神形體，或是讓胎兒「天生」就具備強大的精神力量了嗎？雖然沒人說出口，但我們都沉浸於這種妄想當中。

——那場悲劇使得我們囚禁於某種執著之中。我們希望有一天能打造出擁有無上力量的守護者。要讓一族之中誕生不會再讓悲劇重演，且會超越魔法師的魔法師，一個超越者。

——一個即使對手是國家或是世界，也能在不講理的命運壓迫之下保護我們四葉一族，擁有無上力量的強者，一個能隻身逼退全世界的最強魔法師。我們心想未來一定要集合四葉的魔法技術，打造出這樣的超越者。

——整個四葉的人都被想打造超越者的願望給迷住了。不是每個人都各自懷抱這個願望，而是整個四葉一族的內心深處都懷抱著這個願望。

貢的茶杯見底了。他不耐煩地拿起呼叫鈴，用力搖響，然後命令趕過來的女傭拿飲水壺過來續杯。在女傭拿他吩咐的東西過來並離開房間前，他一直閉口不語。

室內剩下達也與貢兩人之後，貢再度開口。

——我們屢次以探視的名義拜訪深夜表姊，並朝著深夜表姊肚子裡的孩子祈禱。

——希望他可以變強。希望他強到能夠架開這個沒天理的殘忍世界伸出的所有魔掌。

——而且，也希望他能以這份力量保護我們的孩子。希望他可以成為不讓任何悲劇接近我們的無上守護者。

——我們不只是內心抱持這個任性的願望，有時候還會說出來。

——深夜表姊笑著聆聽我們任性的願望，笑著說「我也想生下這樣的孩子」。

——深夜表姊的精神構造干涉，本應會把肚中孩子的精神打造成這樣。我們的祈禱本應成為助力。

——真夜表姊也經常到深夜表姊那裡露面。真夜表姊不像我們會跪著祈禱，但我記得她和深夜表姊交談的時候，也會不時以愛憐的眼神看著深夜表姊的肚子。

貢暫時停止回想。

他拿起水壺朝杯子裡倒水。

他的手微微顫抖。

即使喝完了一杯水，他也遲遲不繼續說話。仔細一看，就發現他數度想張開嘴，但發抖的嘴唇似乎無法好好組織話語。

即使如此，貢也勉強在一口氣喝完第二杯水之後，開始繼續回憶往事。

——不過，那不是深夜表姊實際的想法。我們在不到一年之後得知了這件事。

——深夜表姊真正的願望是報復世界。深夜表姊真正想生下的，是強到足以對世界報仇的孩子。一個能對傷害真夜表姊與深夜表姊的這個世界判刑的孩子。

——深夜表姊表面上想打造一個能保護己方不受任何威脅侵擾的存在，心底則是培育著能夠消滅所有對手的復仇者。

——我們沒人察覺這一點。沒能理解內心被撕裂成兩半的她所感受到的痛苦。

「後來誕生的就是你。你從深夜表姊那裡獲得了她所期望的『足以毀滅世界的魔法』，並誕生在這個世上。」

貢將雙眼對焦在達也臉上說道。他的心回到了現在。

「明明當時還只是剛出生的嬰兒，為什麼你能斷言事情就是這樣？——你或許想這麼問吧。但我就是知道。我當時知道了。」

貢的呼吸變得非常急促，明顯處於激動狀態。

達也原本想提議中止這段談話，可是貢卻像是被某種東西附身般繼續說下去。他的意識再度前往過去。

——四葉家已故的前任當家，也是我的舅父四葉英作，擁有解析他人魔法演算領域，並藉此看出潛在魔法技能的精神分析系能力。四葉相傳的魔法演算領域分析系魔法，幾乎都是以他發明的術式為基礎。

——英作舅父解析了深夜表姊剛生下的孩子。我們屏氣凝神地等待舅父大人親口說明這個嬰兒具備什麼樣的魔法天分。

——我至今依然清楚記得。

——舅父大人是這麼說的。

——「這孩子暗藏著破壞世界的力量。」

——破壞所有物質與情報體的力量。

——只要不超過二十四小時，就能復元所有物質與情報體的力量。令他只要不死就能復活的復甦之力。

——這和我們期望的不同，卻也不是和我們的期望無關。

——破壞一切的力量。那不是保護一個人不受人世的不講理摧殘的力量，是將不講理消滅的力量。

——復元一切的力量。那是把自己沒能守護好的人身上的傷勢回歸於無的力量。

——然後是絕對不會被打倒的力量。這是一個人與世界為敵，需要面臨戰鬥的時候不可或缺的要素。這股力量讓人面對敵方接連補充的軍團時，也不需要補充己方的戰士。

——我們聽英作舅父大人說完後終於明白了。明白我們期望著什麼。明白我們扭曲一個生命之後誕生了什麼。

——暗藏破壞世界之力的惡魔。這是在我們四葉一族扭曲的祈禱下誕生的個體。這孩子是只要不礙到自己就甚至不惜毀滅世界的我們四葉，所抱有的罪惡之象徵。

——出生的嬰兒沒有罪過，反倒是受害者。然而，我們極度猶豫是否該讓因為我們的罪過而誕生的這個嬰兒活下去。

——擁有破壞世界之力的人物。魔法有時候會因為激烈的情感而失控。即使當事人沒那個意思，這個嬰兒也可能真在某天毀滅世界。

——分家的當家與繼承人聚集起來討論許久。如今我已經記不得持續討論了幾日幾夜。或許是三天左右，或許是持續一個月以上。而我當時也有以黑羽家下任當家的身分參與討論。

——我們最後得出的結論是應該讓這個嬰兒死掉……不，錯了，是應該殺掉這個嬰兒。

——於是參與討論的所有人都前去拜訪英作舅父大人，提出「應該立刻殺掉」的結論。

貢緩緩抬起頭，和達也四目相對。貢臉上浮現疲憊至極的笑容。

「應該殺掉還是嬰兒的你——代表分家提出這個意見的人，是我的父親黑羽重藏。我也沒反對這麼做。」

達也不發一語。這是因為貢一開始就宣稱不接受詢問。他默默等待貢繼續說明。

但是貢將此解釋為達也震撼得不禁語塞。

「哈哈哈哈哈……看來即使是你，聽到這種事情還是會受到打擊啊。」

達也這個正常人的反應使得貢笑了。不過這只是他的誤會。

「之所以沒殺你，是因為英作舅父大人駁回我們的提議。」

貢無力地低下頭。如同脖子支撐頭部的力量突然消失的動作，看起來就像傀儡一樣。

——英作舅父大人表示，與其沉溺在罪惡思考當中，更應該思考實際的應對方法。

——英作舅父大人對我們說，無論是何種巧合使然，我們如今獲得了可以毀滅世界的力量。

這份力量也可能成為四葉家的王牌。

——四葉家難得獲得這份力量，要是被自我滿足的罪惡感壓垮，選擇不惜犯下殺嬰罪也要拋棄這份力量，那就太可惜了。這是舅父大人的判斷。

——要將「達也」培育為最強的戰鬥魔法師。由於「分解」與「重組」常駐，所以「達也」無法使用其他魔法。既然這樣，就徹底灌輸戰鬥技術，讓他沒有魔法也能自保，處於任何危險也能殺出血路脫困。而且還要徹底壓抑他的喜怒哀樂，讓他的情緒在任何情況下都不會爆發。這就是英作舅父大人以本家當家身分做出的決定。

「你從嬰兒時期就開始接受成為戰士的最佳養分。你才學會站立沒多久，就開始進行了最佳的身體操作訓練。舅父大人是認真的，他真的想讓你活下去。是舅父大人拯救你脫離死亡。」

貢低著頭說出這番話。不過達也知道只有這部分不是單純在述說往事，而是在對他說話。貢在不知不覺中拿了四葉英作的決定當成自己的免死金牌。

貢大概是說完這些之後滿足了，又再度將意識帶進回憶當中。

——孩子學會走路之後，就立刻對他進行戰鬥訓練。即使這個孩子再怎麼抗拒哭喊，他的意志依然遭到忽視。他也被禁止接觸可以依賴的家人，使得孩子很快就放棄抵抗。不對，應該是將反抗的心情封鎖在內心深處吧。而訓練計畫也以超脫常軌的速度進展著。

——一開始是不使用射擊武器收拾野生動物的訓練，後來訓練對象又換成軍犬、軍用強化動物，最後是活人士兵。

「英作舅父大人過世之後，真夜表姊便繼承了當家寶座。過了不久，真夜表姊與深夜表姊就拿你進行人造魔法師實驗。而你順利成為人造魔法師的成功案例，成為深雪的守護者。」

貢至此終於抬起頭，開始進行正常的對話。

「不過在這之後也依然繼續對你進行戰鬥訓練。直到發育期來臨，判斷過度的訓練會妨礙身體發育為止。」

「這段時間的事，我自己也記得。」

其實接受人體魔法師實驗之前的記憶也很鮮明，但達也感覺不出來這真的是自己的經歷。那場實驗之前的記憶，隱約給他一種像是在看電影的印象。

「嗯，我想也是。畢竟這是你六歲之後的事。」

貢的聲音沙啞。他像是突然想起自己口渴般，拿起水壺倒水，喝了半杯。

「即使英作舅父大人過世，依然繼續對你進行訓練。深夜表姊也沒反對。我想也是，因為深夜表姊必須讓你活下去，直到有一天完成報復。」

貢一口氣喝光杯裡剩下的水。

「你是深夜表姊憎恨這個世界的情緒具體呈現。是因為我們四葉不知道一位女性的憤怒與哀傷，還天真希望出現一個符合我們期望的超越者，才因而誕生的罪惡象徵。」

貢如同吟唱般地說道。這是令人作嘔的咒語，詛咒著達也和自己。

「得知這件事的我們沒辦法將你留在四葉的中樞。不能將四葉之力賜給你，也必須讓你遠離國防軍之力。我們不想繼續增加罪過。」

貢至此再也沒有開口的意思。達也理解到貢說完了。

「我知道您的意思了。」

「如果你真的知道的話，就立刻辭職，別當深雪的守護者了。若是由你來說，那孩子也會聽話吧。」

達也露出了冷笑，搖頭否定。

「我知道的是你以往那些難以理解的行動背後的動機，只不過是多愁善感的罪惡感。」

「什麼！」

貢重重拍打單人沙發的扶手起身。

達也也在同時站起。

貢的雙眼看不到任何有機會殺害達也的空檔。

達也眼中浮現數種奪走貢性命的手法。

「正如先前約好的，我請教了我想知道的事。我想就此告辭，可以嗎？」

「……離開吧。我也沒事要留你了。」

貢搖響呼叫鈴。

一開始為達也帶路的女傭在鈴響後現身。

貢命令她帶達也到玄關。

◇　◇　◇

到了晚間六點五十分，達也與深雪被帶到裡面的餐廳。為他們帶路的是水波。看來水波在餐會進行時，也會陪在達也他們身旁負責供餐。

兄妹來到餐廳時，文彌、亞夜子與夕歌已經就座。深雪受邀坐在餐廳深處，同時也是文彌的對面；達也則坐在深雪旁邊，也是亞夜子對面的座位。深雪旁邊是真夜的座位，明顯是僅次於首位的座位。

再一分鐘就到晚間七點的時候，新發田勝成來到了餐廳。正如達也的推測，下任當家候選人全部到齊了。但達也無法理解自己為何被叫來這場餐會。亞夜子不是文彌的護衛，而是輔佐，所以還可以理解她為何會出現在文彌旁邊。可是達也在四葉家的立場只不過是深雪的護衛，只是個守護者。

勝成也是獨自來到這場餐會。不提奏太，連總是和他形影不離的琴鳴也沒來。

不過，只有達也對於自己在場感到疑惑。深雪當然不用說，包括文彌、亞夜子、夕歌甚至勝成，都沒質疑達也為何同桌。

這時候的達也過於低估自己了。而且也低估了聚集在這場餐會的魔法師們。

達也以外的五人認同達也的實力匹敵或是淩駕於自己，認為達也和他們同席是理所當然。達也不知道他們擁有此等度量，心裡才擅自冒出沒必要的不自在感。

時間來到晚間七點整。

餐廳深處的門打開了。那是四葉家當家專用的門。

真夜身穿接近黑色的深紅長禮服，在葉山的陪同下從門後現身。

所有人都站了起來。達也是自己拉椅子，不過另外五人是由在背後待命的供餐男女拉開高背椅。至於為深雪拉椅子的人不用說，當然是水波。

「歡迎各位不介意這次突如其來的邀請前來赴約。請坐。」

真夜說完，便優雅地坐到葉山拉開的椅子上。

看到真夜坐到餐桌前面之後，達也等六人也跟著就座。

「先用餐吧。勝成、夕歌，若你們有意願，可以上酒。」

夕歌與勝成的視線短暫交會。

「感謝您的提議，但是不好意思，我幾乎不喝酒。」

先回應的是夕歌。

「這麼說來，夕歌酒量不太好呢。」

真夜寬容地掛著笑容點頭。

「是的，讓您見笑了。」

夕歌以冷靜態度回應。

「勝成怎麼樣？聽說你酒量很好。」

真夜看向勝成。

勝成規矩地回禮。

「我看起來酒量好，只限於正在喝酒的時候……其實我宿醉很嚴重。所以當家大人，不好意思，畢竟明天還有重要的聚會，今晚請容我推辭。」

勝成這次深深行禮致意。

「啊，用不著這麼拘謹喔。我可沒有灌酒的不良嗜好。」

真夜嫣然一笑，輕輕舉起手，向身後的葉山打暗號。

葉山以眼神示意，供餐人員就一起離開，立刻端前菜上桌。

「明天聚會的餐點是日式年菜，所以這場餐會安排西式全餐。請各位盡情享用吧。」

真夜朝前菜的凍派下刀，送向鮮豔的朱唇。

所有人拿起刀叉，開始這場餐會。

料理姑且是採用法式風格，卻不是正統的法式全餐。這部分大概是因為真夜認為不需要墨守成規吧。像現在就是在本應是魚肉料理上桌的時間點端出鴨肉料理。

吃完後續上桌的冰沙之後，真夜端正了坐姿。

達也他們自然也挺直背脊重新坐好。

「那麼，差不多該進入正題了。」

真夜環視六人，露出豔麗的微笑。

「勝成、夕歌、深雪、文彌。」

她依照年齡順序呼叫達也與亞夜子以外的四人。亦即下任四葉家當家的四位候選人。

「你們四人是留到最後的四葉家下任當家候選人。而在明天的慶春會中，也終於要指名下任當家了。」

不只是四名候選人，包含達也與亞夜子在內，六人的視線都集中在真夜身上。不知何時，除了葉山以外的侍從都已經離開餐廳了。

「不過，你們要是突然在眾人面前聽到結論，或許會無法調適心情。我就是這麼想，才想預先只告訴各位究竟是誰獲選為下任當家。」

對於真夜這番話感到最緊張的是深雪。勝成與夕歌——不知為何連文彌與亞夜子看起來都很鎮靜。

「當家大人，可以准許我發言嗎？」

「哎呀，文彌，什麼事？」

說來意外，在真夜要告知結果時打斷的人竟是文彌。

「恕我冒昧。」

文彌說著行禮致意，一臉緊張地起身。

「我在當家大人的許可之下，宣布黑羽家退回我黑羽文彌下任當家候選人的地位，推薦司波深雪小姐為下任當家。」

文彌在向真夜行禮之後坐下。

「這樣啊……真有趣呢。」

聽到真夜表示已經決定下任當家，還宣布退回當家候選人的地位。這種行為就某種意義來說是在忤逆真夜。

但真夜沒責備他，反倒以深感興趣的視線看向刻意在這個時間點退出競爭的文彌。

「當家大人，可以請您也准許我發言嗎？」

「夕歌，難道妳也是？」

真夜笑著問道。

「是的。」

夕歌站起來以裝模作樣的動作行禮。

「津久葉家也推薦司波深雪為下任當家。」

真夜看著再度行禮之後回座的夕歌，開心笑道：

「難道有人對你們出主意說『不能由本家的一己之見決定下任當家』嗎？」

真夜以手帕拭去眼角浮現的淚水後依然面露覺得很好笑的表情，交互看向文彌與夕歌。

「不，絕無此事。」

「當家大人，請原諒小女子冒昧插嘴。認為深雪姊姊適合接任當家，主要是文彌與小女子做的判斷。家父最後也尊重了文彌的意願，同意退回候選人的地位。我們絕對沒有和當家大人唱反調的意圖。」

亞夜子接續文彌的話語，滔滔不絕地說明他們的真意。

真夜聽完愉快地揚起嘴角。

「原來如此……換句話說，黑羽家沒受到明天的慶春會以及『這幾天發生的事情』影響，早就決定推薦深雪接任當家了。是這麼一回事吧？」

真夜這個問題是由文彌回答。

「是的，確實如此。」

「呵呵……文彌這麼孝順，真了不起呢。」

真夜早就看透文彌以及幕後的貢的意圖。分家阻止深雪出席慶春會以延後深雪被指名為下任當家時間的計畫失敗了。即使黑羽家沒有直接參與，也確實屬於妨礙的陣營。

大概是為了掩飾這份叛逆，才打算先發制人吧。不過真夜本來就沒有要責備參與妨礙計畫的分家（因為她早就知道到頭來會是徒勞無功），所以用不著耍這種小伎倆。

「那津久葉家為什麼選在這時候退回候選人地位呢？」

夕歌以略微厚臉皮的態度承受真夜的目光。

「因為當家大人，如果不趁現在說出來，不就已經沒機會了嗎？」

「妳是說賣人情給深雪的機會？」

「坦白說，就是這樣。津久葉家想取得『早早決定支持下任當家』的實績。因為說實話，相較於黑羽家或新發田家，我們家的實力差了一級。」

這種過於率直的說法，讓真夜也只能不禁露出苦笑。

「但我覺得各家實力不是只以直接的戰鬥力來決定……我知道津久葉家的意思了。深雪，夕歌似乎想得到妳的偏袒喔。」

話鋒突然朝向自己似乎令深雪有點驚訝，但她沒像一般的女孩那樣顯露慌張。

「現在的我只不過是四葉家下任當家候選人……不過，我贊成姨母大人的意見。魔法師的價值不全是取決於戰鬥力。」

真夜像是在說「妳表現得很好」一般朝深雪點頭。

「那麼，勝成。」

接著，她看向勝成。

「雖然在我告知結論之前，就變得像是以表決決定人選了……但你的想法呢？」

勝成沒起身，而是維持挺直背脊的姿勢在椅子上轉身。

「當家大人。既然結果已經在擁有下任當家候選人的黑羽家與津久葉家支持深雪小姐下確定了，新發田家也沒有異議。這件事也已經向新發田家的當家——理確認過了。」

「原來如此，意思是少數服從多數是吧？」

「是的。」

勝成以完全不讓人看出他曾經直接妨礙深雪的態度點頭回應。他的態度光明正大，讓人覺得即使真夜直接追究，也會裝傻到底。

「不過，在退回下任當家候選人的地位時，我想請當家大人答應一件事。」

「意思是要交易？」

真夜瞇細雙眼。雖然她的眼神不足以形容為犀利，但她的心情確實不愉快。或許是覺得勝成仗著她沒提及妨礙計畫就這麼厚臉皮吧。

「不，是請求，不是交易。」

不過，勝成斷然否定了真夜的詢問。真夜見狀換露出像在說「哎呀？」的表情。

「我沒有新的東西能獻給當家大人，所以無法成為交易。」

「真灑脫。好吧，說來聽聽。勝成你對我有什麼請求呢？」

「請當家大人撮合在下新發田勝成和堤琴鳴結婚。」

這讓湊巧拿起玻璃杯喝水的夕歌大口嗆到。

文彌則是微微臉紅。看來這個刺激對他來說還太強了。

「堤琴鳴……是你的守護者吧？」

「是的。」

真夜露出稍微思索的樣子。

「記得是調整體『樂師系列』的第二世代……『樂師系列』的基因目前還不穩定，應該不適合擔任分家當家的正妻吧？」

「家父也這麼說。」

「不能當小妾嗎？」

比起當事人勝成，真夜這句話使得夾在兩人中間的文彌受到更大的打擊。他正滿臉通紅地低下頭。看一旁的亞夜子聽得面不改色，看來與這其說是年齡，應該說是性別或個性使然吧。

「你們現在也是同居關係吧？」

「原來您知道啊。」

勝成毫不愧疚地肯定真夜的詢問。

「因為……守護者雖是用來保護一族中擁有優秀魔法天分的重要人物，不過原本的宗旨是配給女性貼身護衛。但你還是放了守護者在身邊，這是為了將堤琴鳴留在身邊的藉口吧？」

「不只是這個原因就是了……」

勝成原本想主張琴鳴魔法力的有用性。

「不，正是如此。」

但他看見真夜的視線後又立刻改口。這確實是他將琴鳴放在身邊的主要理由，所以他認為在這時候掩飾並非上策。

「這個嘛……」

真夜單手托腮，擺出像是在煩惱的姿勢。雖然看起來頗為煞有其事，但是在這裡列席的所有人都不認為她是由衷感到煩惱。

「我不想撕裂相愛的兩人。」

不知為何，真夜在這時候看向了深雪。

「而且就算是調整體，也不一定都會早死。」

真夜立刻將視線移回勝成。

深雪有察覺真夜剛才在看她，卻想不到真夜這麼做的理由。她想過真夜或許是在說穗波或水波，但腦中卻不覺得這個推論是對的。深雪有種心裡不舒坦的焦急感，可是她還是無法詢問真夜那道視線的意義。

不曉得是否真有察覺深雪這份心情的真夜目不轉睛地注視勝成。然後，她朝著緊張等待回復的勝成嫣然微笑。

「好吧。雖然當上本家的當家，就無法僅以自己的意願決定結婚對象……」

深雪身體一顫。達也擔心地看向她，但深雪就這麼看著自己的手，僵住不動。

真夜只有斜眼朝深雪這副模樣一瞥，就繼續和勝成交談。

「不過如果是分家的當家，就不需要想這麼多。既然勝成辭退當家候選人的位子，我就幫你對理先生美言幾句吧。」

「謝謝當家大人。」

勝成起身深深鞠躬。

他抬起頭之後，真夜便揮手指示他坐下，然後輕聲嘆氣。

「總覺得我好像沒必要說了……」

真夜收起放鬆的表情，恢復正色。

「深雪，我指定妳為下任當家。」

「──是。」

深雪以平淡的聲音回應真夜的指名。

「幸好這裡的各位似乎都爽快支持妳成為當家，妳就精益求精，以免蒙羞吧。」

「是，姨母大人。我會好好努力。」

深雪站了起來，首先向真夜，接著向圍坐在桌邊的眾人恭敬地鞠躬──從座位的相對位置來看，她彷彿是面對勝成行禮。這對於雙方來說或許是種壞心的巧合吧。

「那就繼續用餐吧。」

真夜說完，葉山便拍掌兩次。

主菜（嚴格來說這樣講並不正確）的肉類料理隨之上桌。之後餐桌上就是熱鬧的閒話家常。

不過用餐完畢之後，真夜只命令達也與深雪留下來。

◇◇◇

所有人離開後，餐桌便被重新整理一次。真夜面前是無糖紅茶，達也面前是黑咖啡，深雪面

包含葉山在內的侍從全部離席。

真夜淺嘗紅茶，以和藹的語氣向兩人說話。

「深雪，首先我要說聲恭喜妳。達也也辛苦了。」

「謝謝姨母大人。」

「不敢當。」

達也與深雪一起坐著行禮。兩人還沒動過裝著飲料的杯子。

「好了……我要你們兩人留下來，是因為有非常重要的事情要說。」

深雪僵直了身體，連旁邊的達也都感覺得到。

「成為當家的話，連結婚對象也不能以一己之見決定。這我剛才也有說過。」

「——是。」

深雪放在大腿上的雙手用力握拳。

「講這件事之前……達也。」

「是。」

真夜突然叫達也的名字。沒想到真夜會在這時候叫自己的達也雖然困惑，卻也毫不顯露心中動搖地回應。

「突然聽我講這種話，你可能無法相信……不過，深雪不是你的親妹妹。」

深雪喉頭發出犀利的呼氣。這是她沒能化為聲音的哀號。

深雪摀住嘴，睜大雙眼，就這樣如同大理石雕像般僵住。

現在的深雪不適合形容為「凍結」。她確實停下了所有動作，但她睜大的眼裡仍捲著一道複雜地變色的火焰。

相較於深雪，達也看起來不太慌張。不過這單純只是心中情感超過了他能夠處理的極限。他將自己無法完全處理掉的心理打擊轉換成從己身切割出來的第三方思考，朝著真夜宣洩。

「確實無法相信。因為我和深雪是親兄妹的證據多不勝數。」

真夜帶著從容微笑看向達也收起情感的雙眼。

「不過這是真的喔。因為達也你……」

「是我的兒子。」

聽到這句震撼的發言，即使是達也，也只能無言以對。

「達也，你是用我在『那個事件』之前冷凍保存的卵子進行人工授精，由姊姊擔任代理孕母產下的，實際上是我的孩子。父親當然也不是龍郎姊夫。所以，深雪其實是你的表妹。」

——不可能。

達也恢復以自己為主體的思考模式後，最先浮現在腦海裡的就是這三個字。

——深雪不可能是我的表妹。

——深雪不可能不是我的妹妹。

達也為自己居然懷疑這個明確的事實感到羞恥。

他當然沒有冒失到將內心想法表現在態度或表情上。

「……方便晚點詳細告訴我嗎？」

達也向真夜提出這個要求的語氣，完全一如往常。

「也對。畢竟要你馬上接受事實應該很困難，晚點我們母子私下聊聊吧。」

真夜朝達也點頭之後，又看向深雪。

「至於剛才提到的那件事……深雪，很遺憾，既然妳成為四葉家下任當家，就不允許妳自由談戀愛。」

「是。」

深雪表情依然僵硬，聲音卻暗藏著期待某種可能性的希望。放回大腿上的雙手之所以緊握，並不是在準備承受悲傷，而是要懲戒自己差點因為某種符合自身期望的預感而陷入喜悅的心。

「明天指定妳為下任當家的同時，也會發表妳的訂婚對象。妳的訂婚對象……」

深雪微微倒抽一口氣。之所以是「微微」，是因為她幾乎停止呼吸。

「是達也。」

深雪不禁以雙手摀嘴。

她的手微微顫抖。

好不容易才忍住喉中驚叫的深雪將原本摀嘴的手放在胸口。

她將雙手按在心臟上方，緊閉雙眼，如同承受痛楚般地縮起身體，並低下頭。

現在，深雪實際體驗到了「胸口欲裂」的感受。

然而那並不是悲傷所致，是喜悅。過於強烈的喜悅和悲哀，是種相似的情感。

深雪好不容易壓抑住開心得不得了，還差點因為過於亢奮而發瘋的身體，抬起頭來。

淚水濕潤了她的雙眼，現在的她一臉隨時會哭出來的樣子。

真夜沒責備深雪如此失控的模樣。

「所以我要請達也明天以深雪未婚夫的身分出席明天的發表會。我要說的就是這些。」

深雪深深低下頭。淚水滴落在她齊放於大腿的雙手上。

「深雪，明天是妳的婚約發表會。妳今天就好好雕塑自己，準備走上風光的舞台吧。」

「深雪由衷感謝您的關懷……」

深雪就這麼低著頭，以拚命克制嗚咽的顫抖聲音回應。真夜以要形容為慈母也不為過的表情（但雙眼閃爍著不搭調的冰冷光芒）注視她。

「葉山先生。」

「是，夫人。」

真夜說完，葉山立刻現身。

葉山出現的時候，達也正扶起深雪，以手帕擦拭她的淚水。

「叫水波過來，然後派幾個人為深雪準備入浴。」

「遵命。」

水波很快就過來了。

真夜直接向水波俐落地下指示。

「水波，帶深雪回房。洗澡水準備好之後會通知妳，到時候麻煩妳為深雪帶路喔。」

「遵命。」

水波帶深雪前往客房。

真夜轉頭看向達也。

「我們也換個地方吧。」

「是。」

真夜起身離席。

葉山則為她開門。

達也跟在真夜身後。

葉山朝達也恭敬地行禮致意。這是場中最大的變化。

◇◇◇

達也被帶進了真夜的書房。達也第一次進入這個房間。不對，自從真夜繼承當家寶座，除了真夜與葉山，曾經進入這個房間的就只有家具行人員以及ＨＡＲ維修技師。達也可說是第二個獲准陪著真夜進入這個房間的人。

書房擺著厚重的桌子、高背椅子、高達天花板的書櫃，以及古色古香的會客沙發組。

葉山邀達也坐在沙發。真夜來到達也正對面，用親暱語氣詢問環視室內的達也。

「達也，你在看什麼？」

「不好意思。我在想，原來您平常打電話給深雪的房間不是書房。」

「你在意的事情真奇妙呢。」

真夜像少女般輕聲一笑。

「這裡是完全私人的空間喔。ＨＡＲ也是獨立運作。」

「所以是完全離線的環境嗎？」

「嗯。」

真夜的回答不是事實。這個房間裡，有唯一一台連接網路的機器。但也不完全是謊言，這條線路完全獨立於其他線路，從這個房間傳送出去的資料只有經過特定演算裝置的搜尋關鍵字，所以有一半是事實。

「達也大人，咖啡為您準備無糖的可以嗎？」

聽葉山加上「大人」兩個字稱呼，讓達也感覺相當突兀。但現在不應該在意這件事。

「好的，麻煩給我黑咖啡。」

達也盡量以自然的語氣回應。

達也面前擺了咖啡，真夜面前則是花草茶。

達也擔心咖啡香味可能會蓋過花草茶的香味，但他覺得自己無須在意這種事，便沒有多說什麼。達也就這麼等待真夜品嚐一口茶，才跟著喝一口咖啡。

對於達也來說實在遺憾，這杯咖啡比深雪泡的還好喝。

「真好喝……葉山先生，我這麼說或許失禮，但您真不愧是首席管家。」

「達也大人，很榮幸得到您的誇獎。其實屬下稍微作弊了。」

「作弊？」

「是的。說來見笑，屬下有稍微利用一下魔法。」

真夜愉快地對將意外之情顯露在外的達也開口。

「這種細膩的魔法使用方式，連我也不如葉山先生。他令我實際體會到魔法的重點真的在如何使用。」

「不，沒有夫人說的這麼誇張。屬下只是將自己的能力用在自己選擇的工作上。」

葉山這番話引誘達也深思。但達也斬斷這個誘惑，看向真夜。

真夜應該也在等待進入正題的契機吧。她將茶杯放回茶碟，和達也四目相對。

「好啦……該從哪裡說起呢？」

「在那之前，方便先請教一件事嗎？」

達也打斷話題。

真夜似乎早就預料到會如此。

「哎呀，什麼事？」

真夜刻意單手遮住嘴，微微睜大雙眼，裝出驚訝的表情。但她大概不是真的想裝傻吧。證據就是她沒有完全遮住微微上揚的兩側嘴角——不過這也不是真夜嘴巴很大的意思。她在伸手遮嘴之前就故意笑給達也看了。

「為什麼要說那種謊話？」

達也瞇細雙眼，並不是對於真夜堪稱稚氣的態度感到傻眼。

只是眼神自然而然變得犀利。

「謊話？」

真夜的語氣很假惺惺，但達也沒展露憤怒或不耐煩。

他的犀利視線中只藏著不允許虛假言論存在的意志。

「就是『深雪不是我妹妹』的謊言。」

達也如此斷言時的語氣，甚至可以形容為平穩。是覺得沒必要加重語氣或增加音量，純粹在告知事實的語氣。

「不，這不是謊言喔。」

但真夜否定這個事實。

語調和達也一樣乾脆。

真夜為何如此充滿自信？無法理解這點的達也注視著「姨母」的臉。

真夜以悠哉的動作飲用花草茶。

「你說你們是親兄妹的證據多不勝數，不過那些真的可以當成證據嗎？」

真夜放下茶杯，揚起視線和達也四目相對，並就這麼看著他仔細問道。

真夜儘管並未笑出聲，但臉上掛著非常愉快的笑容。暴虐的光芒在她眼中閃爍舞動。

「要說戶籍，這種東西，我們要怎麼處理都可以。要說ＤＮＡ鑑定，這也只是醫院寄過來的鑑定結果吧？並不是你親自檢驗的。」

真夜的嘴唇扭曲為美麗的弦月型。

「分家眾人只知道姊姊懷孕之後的事。懷孕之前發生過什麼事，他們一無所知啊。」

真夜的話語引人疑惑，而且正常來說，達也無法對任何一點做出反駁。

「姨母大人。」

但是達也的聲音毫不慌張。

如同巨大鐵塊般沉穩的聲音，使得真夜收起笑容，露出掃興表情。

「您以為我是誰？」

這次輪到真夜默默注視達也。

「我是可以認知物質構造與構成要素，也可以隨意在物質任何構成階段進行分解的特異能力者。認知物質的構成要素，也代表認知該物質的來源。」

「但我認為你溯及情報的時間，頂多是二十四小時。」

「構成要素的相關情報，位於現存的物質之中。不需要進行時間上的追溯。」

真夜與葉山同樣露出「出乎預料」的表情，附於其中的情感卻有不同。真夜臉上是心想「糟糕……」的慌張，葉山臉上則是單純的感嘆。

「所以我知道。我知道我與深雪肉體的來源相同。我的身體與深雪的身體，都來自相同男性釋出的精子與相同女性的卵子。我有辦法知道這一點。」

「哎呀哎呀……」

真夜以投降般的語氣呢喃。

「你真的超乎常人呢。」

「不敢當。」

「我不是在誇獎你就是了……」

真夜有些為難地露出微笑，然後看向茶杯。但她最後沒拿起茶杯，而是抬頭和達也相視。

「好吧。我就承認了。」

「我剛才說的確實是謊言。」

「你不是從我的卵子誕生的，你確實是姊姊的孩子。」

……達也聽完真夜毫不內疚的自白，輕輕嘆了口氣。

「那您為何要講那種話？」

「不過，你與深雪不是親兄妹的說法，也不是完全錯誤喔。」

真夜這番話並未回答到達也的問題，但達也一樣不能當作沒聽到。因此他乖乖地等真夜繼續說下去。

「因為，深雪是調整體。」

達也睜大了雙眼。他停止呼吸，沒能立刻說話。

「……意思是深雪受過基因改造？可是，受過改造的徵兆……」

「但這是事實。深雪身上沒出現調整體的扭曲或不穩定性，是因為她堪稱是『完美調整體』，是四葉的最佳傑作。」

「為什麼……」

「你問打造深雪的理由嗎？達也，就是為了你喔。」

達也完全啞口無言。雖然很離譜，不過他內心受到的震撼卻足以令意識變得一片空白。

「你的力量千萬不能爆發。萬一真的爆發，就必須盡全力賭命阻止。如果是姊姊，大概做得到吧。姊姊的精神構造干涉足以干涉對方的潛意識領域，暫時封閉『閘門』。不過姊姊絕對會比你先走完人生。所以才會打造出深雪這個可以隨時陪伴在你身邊，又能夠阻止你的魔法師。」

真夜以嚴肅到很恐怖的視線，注視達也的雙眼。

「深雪是為了阻止你而打造的調整體魔法師。」

「深雪是為了我打造出來的？不是我為了深雪？」

達也愕然低語。連他也沒察覺藏在自己話中的不合理。

「沒錯，深雪是只為了你而誕生的女孩。」

真夜緩和表情與語氣。

「再說，自然情況下不可能誕生那麼美麗的女孩吧？那麼完美的容貌，還有左右對稱到如此完美的身體，怎麼可能是自然誕生的呢。」

真夜大概是察覺自己的語氣暗藏嫉妒，露出了尷尬的笑容。

「只不過，就算重複相同的程序，我也不認為能再度打造出深雪這樣的孩子。就這點來說，那或許堪稱是在超越人類與自然的神之奇蹟下完成的美貌。」

「……深雪知道這件事嗎？」

達也問完，真夜便露出憐憫的表情搖頭。

「不。我沒有讓深雪知道，分家當家也沒人知道。知道這件事的只有已故的前任當家英作叔父大人、同樣已故的姊姊、我、葉山先生、昔日統括調整設施的紅林先生前任上司、現在統括調整設施的紅林先生，以及他的數名親信……噯，達也。」

真夜如同要討好達也，以嬌柔的聲音說話。

「雖然你和深雪的關係比親子還緊密，不過從遺傳層面來說，我和你的關係可是比你和深雪還近喔。」

這道聲音聽起來像是真夜在向達也撒嬌。

「而且啊，我說你是我的兒子，也不完全是謊言。」

「可是……」

達也的反駁，被真夜以花蜜般黏答答的聲音打斷。

「我們在基因層面上確實是外甥與姨母沒錯。不過啊，在精神層面上……達也，你是我的兒子喔。」

「精神層面……？」

達也無法理解真夜這番話，決定默默聽下去。

「得知你內建的魔法後，叔父大人跟貢他們一開始也是感到失望及恐懼。但我很高興，開心到差點跳起舞來，好不容易才克制住了興奮大叫的衝動。因為你的魔法可以實現我的心願。」

真夜大概是回憶起當時的事，露出了像是隨時都會開始顫抖的陶醉表情。

「你的魔法可以讓地球變成死亡星球，可以毀滅世界，可以報復這個世界，報復這個奪走我的過去與未來，奪走我身為女性小小幸福的這個不講理的殘酷世界。」

真夜的嬌柔聲音，暗藏著對這個世界的明確怨恨與詛咒。

「我說我是你的母親，這絕對不是謊言。因為希望你誕生的不是姊姊。讓你來到這個世界是我的願望，責他們都會錯意了。讓你成為有辦法破壞世界的人是我的願望，是我的期望。而你回應我的心願誕生了。雖然實際生下你的是姊姊，不過是我將你的魔法打造成這樣，所以你在魔法師層面上是我的兒子。」

「……可是，姨母大人應該無法使用精神干涉系魔法才對。」

達也好不容易才插入這句反駁，卻也沒能阻止真夜說下去。

「嗯，沒錯。正因如此，這才是一種奇蹟。我的強烈願望甚至顛覆了魔法常理，引發本來不可能發生的事。或許因為是雙胞胎吧。姊姊和我是雙胞胎，所以我能夠以自己的意志動用姊姊的魔法。也許是我對你獻上的期望，比姊姊對自己孩子的心意更強烈，姊姊的魔法才會實現了我的願望。」

真夜熱切說道。不，她已經陶醉到忘我了。

「姊姊早就知道了。知道自己的胎兒、自己的魔法，不知何時已被我這個妹妹占據。我被姊姊奪走我自己，姊姊被我奪走兒子。這段姊妹關係真是亂七八糟啊。」

連自嘲的聲音聽來都很熱切、嬌柔。

「即使如此，姊姊依然努力試著疼愛你。雖然她到頭來好像沒能好好疼愛你，但你就體諒一下姊姊所做的努力吧。」

真夜要求達也理解深夜，聲音中卻包含對於姊姊的明顯嘲諷。

「人造魔法師實驗是用來研究如何避免你情緒失控，導致自身魔法不聽使喚的計畫。這才是真正的目的。所以，除了你以外的實驗體，真的就只是實驗材料，只是單純的樣本。雖然姊姊到最後都不情不願，但結果還是為了阻止你成為世界的破壞者、人類的屠殺者或是魔王，而對你動手。只奪走你的強烈情感，是姊姊竭盡所能努力之下的結果。其實直接消除所有情感比較簡單，姊姊的負擔也比較輕，但姊姊明知會減少自己的壽命，仍然小心翼翼地調整你的精神。你在誕生之前被我扭曲的精神，被姊姊改造為不會失控的狀態。」

真夜之所以稍微停頓，只是為了換氣。

她連茶也沒喝，就這麼繼續說下去。

「為了避免深雪阻止你，姊姊試著讓深雪認定她對你漠不關心。只要不關心你，深雪就不會產生討厭的情緒，不會發脾氣，也不會因為情緒爆發而引爆『悲嘆冥河』，導致你遭受阻止。」

母親的冷淡態度居然有這麼深的考量，一時之間實在令人難以相信。即使不是達也，恐怕也無法置信。

「將深雪徹底教育為淑女也是基於相同理由，是要避免她變得情緒化，導致魔法失控。姊姊將她培育為總是文雅客氣，不會顯露自己的情感，也絕對不會陷入歇斯底里的女孩。雖然這方面很難說完全成功，不過說起來，世上根本不可能存在這種完美的淑女吧……」

「……深雪是淑女喔。我妹妹的魔法失控是『誓約』造成的。」

「哎呀哎呀……」

真夜「噗」地笑出聲。

「你們兄妹倆感情真的很好呢。看來訂婚之後也可以和睦相處下去吧。」

「先不提精神上如何，我們在身體上無疑是親兄妹。這樣要結為夫妻應該有困難吧。」

「為什麼？」

「就算您問為什麼……」

這過於理所當然，令達也沒能立刻提出理由。

「若你擔心和深雪結婚生下的孩子基因異常，就是你白操心了。我剛才也說過，深雪是集結四葉技術精華打造的『完美調整體』。不只是運用了基因工學技術，靈體方面也以精神干涉系魔法調整到無懈可擊。那孩子克服了調整體擁有的所有缺陷，是超越人類的人類，是四葉完成的最佳傑作，和九島家的失敗作品不一樣。你和深雪生下的孩子，絕對不會成為那種不成材的東西。

我以四葉的名聲保證，那孩子的基因完全沒有造成異常的因子。」

「可是……」

「經過調整，你和深雪的肉體在基因層面疏遠到不算是兄妹。那孩子只要知道這一點，應該也不會在意自己是調整體，反倒會覺得很高興吧。因為這代表她和你在肉體層面結合不會遇上任何阻礙。」

真夜說的或許正確。至少達也無法指出哪個部分有錯，而且老實說，達也心裡也有數。

構成深雪肉體的要素，無疑源自和達也相同父母的生殖細胞。

然而也確實混入了無法光以這件事解釋的要素。

就達也所知，這不是會危害深雪肉體的要因，所以他認為這些要素是自然突變的產物。但如果視為調整造成的東西，就可以更合理解釋達也與深雪的「構成要素」為何有這麼大的差異。雖不情願，但達也不得不承認這一點。

「達也，就由你告訴深雪吧。告訴深雪說她是為你打造的調整體，體內也沒有任何造成身心障礙的因子，以及你和深雪結婚，至少不會造成肉體上的任何問題。」

達也目不轉睛地注視真夜的臉。

真夜也默默注視他的眼神。

「……我知道了。這確實不應該瞞著她。」

達也在煩惱頗長的時間之後點頭。

「沒錯。要是就這樣不處理，深雪會罹患心病喔。」

達也無法否認真夜半開玩笑的這番話。

「好好愛護深雪吧。」

真夜突然改變語氣。

「失去深雪的時候，你將會壞掉。你的心現在變成了這樣的構造。而壞掉的你，將會燒盡全世界。」

這是預知者……不對，是天啟者的語氣。

「所以，你要一輩子將深雪捧在手心上好好保護。」

接著，真夜改為說出真心話。

「其實啊，你要怎麼做，我都無妨。」

真夜雙眼亮起了今晚最強烈的光芒。

「你毀滅世界的那個時候，我的復仇心將會得到滿足。」

點燃了最灼熱的情感火焰。

「如果你能在世界的惡意下徹底保護深雪，我的復仇心也會在其他意義上得到滿足。因為這代表著傲慢踐踏人類命運的世界，終於屈服在單一個人之下。」

這股火焰的名字是「瘋狂」。

「嘲笑這幅淒慘樣貌的我，肯定能忘記世界昔日對我的折磨。」

真夜在這股瘋狂的火焰中，露出純真的笑容。

「這真是太美妙了。我的兒子真是太優秀了。你將替我完成報復，為十二歲就死掉的『四葉真夜』報仇。」

「姨母大人，您瘋了。」

「達也，為此你必須迎娶深雪，不准抗命。」

達也的話語沒有傳入真夜的意識中。真夜即使聽在耳裡，內心也沒有認知到達也的話。

葉山走到真夜身旁，將完全涼掉的花草茶換一杯新的。

真夜表情出現像是擺脫了心魔的變化，接著便以不留瘋狂痕跡的雙眼看向達也。

「達也，要再喝一杯咖啡嗎？」

「不，不用了。」

「是嗎？哎呀，已經這個時間了。」

餐會結束時是晚上九點出頭，如今時鐘指針已經走過了晚上十點。達也自己也沒察覺，看來趁著對話空檔轉動的思緒意外耗掉不少時間。

「畢竟明天還要忙，差不多該結束了。達也，還想問什麼問題嗎？」

「那我恭敬不如從命，再問一個問題就好。」

達也一邊擔心真夜的瘋狂火焰復燃，一邊決定詢問某個只有現在才能得到答案的問題。

「哎呀，什麼問題？」

「為什麼是明天？選擇明天宣布我是您的兒子和宣布我是深雪的未婚夫，是基於什麼樣的理由呢？」

慶春會確實是四葉一族有力人士齊聚一堂的場合，最適合讓深雪公開亮相。

不過，達也認為只因為這樣就必須在這個時期宣布，就理由上有點薄弱。

「其實也不是非得在明天宣布，但我姑且有自己的理由。」

一反達也的擔心，真夜以鎮靜又隱約像是在看好戲的感覺回答他的疑問。

「其實我想在今年元旦讓你以我兒子的身分亮相喔。畢竟你用『那個魔法』做出那麼高調的事情啊。」

達也無須確認也知道，真夜所說的「高調的事情」，是指他以質量爆散殲滅大亞聯盟艦隊的那件事。

「不過當時USNA軍統合參謀總部直屬魔法師部隊STARS有出動，而且我明明命令你謹言慎行，想讓你躲過他們的調查，你卻拒絕了。」

「這一點恕我失禮。」

達也不禁露出苦笑。他不認為「原來那道自省命令有這種意義」。至少就達也看來，這只像是事後追加的理由。

「過去的事就算了。」

真夜寬容地點頭。即使瘋狂氣息收斂，她對達也裝熟的態度依然沒變。

「不過啊……STARS『暫時』從日本收手之後，也發生了九島宗師失心瘋，以及華僑方術士暗中活躍等各種事件。」

她說的「九島宗師失心瘋」應該是指寄生人偶事件。「華僑方術士」則是指周公瑾吧。達也聽她這麼說，也覺得今年確實發生了很多事件。先不提真夜的狀況，達也確實沒餘力應付四葉內部的紛爭。

「所以，你的公開亮相就一直拖延到明天的慶春會了。」

「原來是這麼回事啊。」

達也姑且表現出認同的樣子。光是知道至少「達也是真夜的兒子」這個謊言沒必要在明天散播出去，也是一份收穫。達也決定這麼想——不過這個事實毫無意義。

「那麼，我的說明真的到此結束了。」

真夜露出了滿意的微笑。這場對談肯定很令她滿意。因為無論過程如何，最後還是讓達也認同了。

「達也，你知道房間的位置嗎？」

「我知道，姨母大人。」

「是嗎？」

達也刻意這麼稱呼，但真夜完全不在意。

「那麼，雖然沒有派人帶路對你很過意不去，但你可以自己回房間嗎？我立刻吩咐準備洗澡水，之後會叫人去房間通知你。」

「我知道了。」

達也確切理解到這是對談結束的暗號。

「感謝您招待的咖啡。」

達也向真夜與葉山行禮致意之後，就離開了書房。

◇◇◇

達也離開之後，真夜依然坐在沙發上。

「夫人，您辛苦了。」

葉山在真夜身後出言慰勞她。

「總覺得我比預料的更加情緒化。」

真夜無可奈何地說。或許她認為自己在剛才那一幕的激動程度出乎預料吧。

「既然是那件事，屬下認為這也在所難免。」

葉山以「講到那個話題難免會激動」的說法為真夜辯護，不過真夜大概是反因此更加難為情了，撇頭表現出和年紀不符的幼稚模樣。

這看在葉山眼中很有趣，但他不會貿然在這時候露出笑容。

「這就是夫人醞釀至今的祕計吧。這次屬下也深感佩服。」

去年十一月橫濱事變結束不久，真夜在將達也與深雪叫來宅邸的時候，有對葉山說過「要讓深雪接任當家，以免達也造反。而且已經想好讓深雪接受當家寶座的策略了」。明天舉辦的慶春會當前，真夜向葉山說明策略，讓他進行各方面的準備。

「受到的干涉比預料中還多，但也多虧這樣，氣氛炒得更熱了。再來就看深雪願意老實到何種程度吧。」

「屬下認為應該沒問題。」

沒想到葉山竟以沉穩語氣打包票，感到意外的真夜在沙發上扭身看向葉山。

葉山掛著慈祥老翁的笑容。

「深雪大人面對自己心意的程度，比達也大人確實得多。雖然達也大人所向披靡，可他必定無法對抗深雪大人率直的心意。」

「聽說在情場上，率直的那一方是輸家啊。」

「在這種狀況下，率直的那一方是贏家喔。」

看見笑咪咪的葉山，使得真夜也不禁目瞪口呆。

◇　◇　◇

達也回房時，室內沒有任何人。深雪大概是在接受居家護膚保養，為明天做準備吧。

如同真夜所說，很快就有傭人前來安排入浴了。達也很少住在本家，住在和室客房更是第一次，所以洗澡的方式也差很多。達也換上撞見任何人都不會難堪的衣服往返浴室。達也洗澡的時間不長，卻也不短。他回房的時候，時鐘指針已經快走到十一點了，深雪卻還沒回來。

相對的，床已經鋪好了。

在兩間相通的和室中，只在一間鋪上一組被褥。不過枕頭卻有兩個。

「哥哥，抱歉我回來晚了。」

好巧不巧，深雪在這時候回房。

「這是——！」

紙門還開著，可以看見相鄰的房間。所以只要進房，自然會看到這幅光景。

「深雪，這不是我——」

達也沒能辯解到最後。推測是由數名侍從保養得亮晶晶的深雪，現在身上只有一件和內衣沒兩樣的和服單衣。可能是因為浴室很熱，即使在寒冬只穿這樣，她看起來也一點都不冷。如今她的臉蛋與頸部都在發紅，看起來反而像是覺得很熱，但原因明顯不是在於室溫。

只不過，達也語塞的原因不是深雪只穿和服單衣，是因為身穿和服單衣的深雪釋放出不同以往的強烈魅力。

往常那彷彿綻放著光芒的美貌，現在看起來真的閃閃發亮。

平常洋溢清新氣息，甚至令人覺得不是生物的深雪，如今身上纏繞著即使不是蝴蝶或蜜蜂也會不禁被吸引的淡淡花香。

要是以這個狀態走在東京的人群中，肯定會造成恐慌，引發慘案。

不誇張，達也真的這麼認為。

「哥哥，這是……」

不過，深雪的內心同樣不平靜。看見只有一組寢具而僵住的她，回過神之後便劈頭說出了這句話。

「不，這不是我鋪的。我洗完澡回房就是這個狀態。」

「這樣……啊……」

一直站著也靜不下心。如此心想的達也坐到矮桌前面，也要深雪坐在坐墊上。感覺要是關上通往旁邊房間的紙門，就會開始胡思亂想，所以兩人就讓門這麼開著。

達也面前的深雪，坐立不安地摸著衣領和頭髮。現在的她看來和往常不同，頗為在意達也的視線。

這也是在所難免吧。指定達也成為深雪未婚夫的震撼宣言至今還不到三個小時，而且還附帶「達也與深雪不是親兄妹」的驚爆發言，要求別在意才是強人所難。

「那個，哥……哥哥……」

深雪的語氣中感覺得到迷惘。

達也疑惑地蹙眉。

「怎麼了？」

「沒事，那個……我可以稱呼您『哥哥』嗎？還是要叫達……達……」

「和以往一樣就好。」

達也笑著給實在說不出「達也」兩個字的深雪一個台階下。

深雪一臉鬆了口氣的模樣，露出笑容。不過「和以往一樣」這個回答，並非只是為了深雪著想。達也不打算接受「深雪不是自己的妹妹」這個謊言。

「所以哥哥……您和姨母大人談完了？」

「這……」

既然我在這，那不是理所當然嗎？達也想如此回答，卻立刻察覺深雪問的是別的意思。

「沒事，全談完了。關於這件事，必須請教姨母大人的問題我都問完了。」

「這樣啊。所以，那個……」

深雪似乎有話難以啟齒，支支吾吾的。她大概不是在迷惘，只是沒有足夠的勇氣詢問。

深雪從內心擠出不夠的勇氣，最後終於開口詢問達也：

「哥哥和我不是親兄妹這件事……」

——是真的嗎？

但她再怎麼擠出勇氣，依然說不出最後這關鍵的一句話。

「是假的。」

達也的回答極為簡潔。

這個回答，將深雪的心撕成兩半。

撕成「很高興是達也的妹妹」的心情，以及「是達也的妹妹就無法結婚」的心情。

「為什麼……為什麼姨母大人要說這種謊？」

「她的說明很難懂，不過似乎是想讓妳和我結婚……的樣子。」

真夜的說明確實不好懂，但達也理解的內情更多了一些。然而，達也還無法決定究竟可以對深雪講明多少。

「明明是兄妹……卻要結婚嗎？」

「戶籍或ＤＮＡ鑑定都可以想辦法解決……的樣子。」

「這……動用四葉家的力量或許是有可能，可是……」

「好像也不用擔心生下來的孩子基因出問題。」

「這是……什麼意思？」

一臉愁容看著下方的深雪，抬頭和達也視線相對。從如同睡衣的和服單衣領口下稍稍露出的雪白肌膚嬌豔無比，讓達也差點忍不住移開目光。但達也感覺抱持這種情感就是正中了真夜的下懷，便強行壓抑自己的內心。

達也恢復平常心，再次注視深雪的雙眸。

深雪的眼睛暗藏著願意接受任何事實的覺悟。

選擇達也作為深雪的伴侶——真夜這個決定的份量，足以讓深雪下定這個決心。

達也看見深雪眼睛裡的覺悟，決定說出應該讓她知道的事。

「妳完全沒有引發基因異常的因子。」

「妳是調整體。」

深雪睜大雙眼，雙手摀嘴。

長長的頭髮跟著搖晃。

深雪露出與自身年紀相符的驚恐神情。達也知道現在不是這種時候，但他見狀還是稍微鬆了口氣。

「我是……調整體……」

「妳是以母親與老爸的生殖細胞製作的受精卵為基礎，再集結四葉科學與魔法學精華打造的『完美調整體』。是克服了調整體的所有缺陷，比人類更完美的人類，四葉的最佳傑作。」

深雪不是自然誕生的人類——達也的說明無法安撫這樣的事實，但深雪不知為何明顯恢復了鎮靜。

深雪之所以慌張害怕，並不是因為自己是人造的人類。深雪認為自己現在的身體與生命是達也賜予的。她堅信這個事實到應該將「認為」這個詞改成「認定」，所以她不太在意原本的身體是如何打造而成。

「那麼我……應該不會突然扔下哥哥，落入黃泉吧？」

她害怕的是調整體不穩定的壽命。自己某天突然斷氣，再也無法和達也相伴的恐懼。

「聽姨母大人的說法，妳連續施展魔法的耐性恐怕還比我高。」

「我……可以和哥哥一起活下去吧？」

「聽姨母大人的說法，妳的壽命似乎比我長。」

所以，光是聽到可以和哥哥活得差不多久，深雪就不在乎自己是調整體的事實了。

「我和哥哥是兄妹……但我的基因和哥哥不同是吧？」

達也抱持著很想說「喂喂喂……」的心情。

真夜確實說過深雪的基因有在調整時進行改造，因此從基因層面來說，深雪和達也的關係比達也和真夜的甥姨關係還遠。不過達也沒對深雪說過任何一句暗示這件事的話語。

即使如此，深雪還是和真夜講出相同的話。

看來血緣並非只攸關基因的相似性呢……達也如此心想。

「四葉家的人原本就或多或少有在第四研被改造過基因。雖然沒有調整體那麼全面，不過在受過基因改造這方面上，我和妳都沒有兩樣。」

達也刻意強調自己和深雪的共通性。

不過，看到深雪發燙的臉蛋，達也實在無法認為自己的說法奏效。

「那麼，今後我會變成哥哥的表妹嗎？」

「對外應該要這樣自稱吧。」

「而且，我會成為哥哥的未婚妻對吧！」

深雪感動地說道。

但她的興奮沒有持續太久。

因為她看見了達也為難的表情。

「果然還是會覺得不舒服吧……」

「妳指什麼？」

達也無法理解深雪突然消沉的理由，以及用消沉語氣輕聲說出的這句話。

「對於哥哥來說，我是妹妹嗎？」

「嗯。因為這是事實。」

總之，達也同樣只在這一點上不讓步。

「親妹妹想嫁給親哥哥，果然不正常吧……」

「深雪，難道妳……」

達也一瞬間以為自己聽錯了。但他的五官經過訓練，磨練到遠超過常人的等級。

深雪確實說了「親妹妹想嫁給親哥哥」。從文理來看，只能解釋為是在說深雪與達也。

換句話說，深雪她……

「對，沒錯！我不是因為姨母大人下令才有這個意思！我聽到哥哥是訂婚對象之後，就覺得好開心！」

深雪低下頭，雙手在腿上緊握。淚水滑落在她的雙手與大腿。

「這份心意到現在也沒變。我明知道哥哥是親哥哥，還是希望以一個女性的身分得到哥哥的愛！想嫁給哥哥！正因為我死心了，所以反而更沒辦法死心！」

深雪語氣亢奮，卻不會聽不清楚她的話。只不過可能也因為亢奮，所以偶爾會出現難以聽懂的部分。

剛才說的「因為死心了，所以更沒辦法死心」，應該是「因為在聽到剛才那件事之前是死心了，所以得知可以結婚之後就再也無法死心」的意思。深雪居然從以前就在苦惱這種事，這對於達也來說是青天霹靂。深雪確實常讓人覺得她對親哥哥展現過度的好意，但達也以為深雪到頭來也只是將他視為哥哥仰慕。

不過，或許只是達也自己想要這麼認為吧。

淚如雨下的深雪當前，達也如此懷疑自己。

「可是哥哥是正常人……具備正常的道德觀念……根本不會對妹妹有戀愛情感對吧？這種不正常的妹妹會讓您覺得不舒服吧……」

深雪終於發出了嗚咽聲。

不是大聲哭喊，而是將悲傷壓抑再壓抑，濃縮至極限，令聽者難過得心裡一緊的哭聲。

「深雪……」

達也維持跪坐姿勢移動到深雪身旁，朝她的肩膀伸出右手。

深雪的手伸向達也的手。

達也以為深雪要甩掉他的手。達也認為自己這個讓妹妹如此痛苦地哭泣，卻沒能察覺她的苦惱的無情哥哥理應受到這種懲罰。

然而深雪卻以雙手抓住達也的右手，並將手拉到自己的胸口。

「喂……」

達也原本想喊「喂，慢著」來制止她，卻在講到一半時收回這句話。現在的達也無法用任何理由做出推開深雪的舉動。不對，是不想做。

「哥哥，我……我……」

深雪就這麼用力抓著達也的手，拚命擠出話語。

擠出自己的心意。

「愛……您。我愛您。我愛哥哥！」

達也以往從妹妹口中聽到的話語總是「我敬愛您」。他是第一次聽到「我愛您」。

只差一個字，話語的重量就有如此巨大的不同。達也首度體會到這一點。

「您要鄙視我是不正常的妹妹也好！認為我的癖好異常而覺得噁心也好！可是……可是，求求您。哥哥，求求您……」

深雪抬起被淚水弄得濕透的臉。

達也從未看過如此哀傷、如此拚命，卻又如此美麗的臉龐。

「請……請您……將我留在您身邊。請不要扔下我。請不要離開我身邊！」

深雪即使在哭泣的時候，表情也不會扭曲。她會維持五官的端正，只流下淚水。

這也是達也今天首度得知的事。

達也覺得這是一張很哀傷的哭臉。

達也就這麼任憑深雪抓著右手，用左手輕輕摟住她的背。

「哥……哥……？」

「我不會離開妳身邊。」

「那……那個……哥哥，再一次……再說一次……」

深雪握著達也的手依偎在達也的臂彎裡，將臉貼在達也胸口，並戰戰兢兢地詢問。戰戰兢兢地要求達也再說一次給她聽。

「深雪，我不會離開妳身邊。」

「啊……」

深雪發出感慨至極的聲音，放鬆全身。

達也朝著將整個身體倚靠在他身上的妹妹，說出那個必須說出口的回答。

「在死亡將我們分開之前，我都會在妳身邊。」

「不過，這大概跟妳期望的那個意思不一樣。」

「我依然只能將妳當成妹妹看待。」

「妳是我的可愛妹妹。我不會覺得可愛的妹妹噁心。」

「我也不認為妳是異常的人。」

「我絕對不會拒絕妳、扔下妳。」

「不過，深雪……這是因為我是妳的哥哥，因為妳是我可愛的妹妹。」

「所以……抱歉。至少我現在只把妳當成妹妹。」

在達也懷裡靜靜聆聽他說話的深雪放開緊緊抓著的達也右手，站了起來。

「這樣就夠了。」

深雪雙眼留著淚痕，卻已經不再流下新的淚水。

「現在只要這樣，我就滿足了。」

深雪的雙手輕輕環繞達也的脖子，然後抱住達也。

「因為現在，我同樣還只敢稱呼您『哥哥』。」

深雪將臉頰貼在達也臉頰上，繼續在他的耳際低語。

「哥哥剛才說了『現在』。對我來說，這樣就夠了。」

深雪加強了抱住達也的力道。

「哥哥，我可以期待吧？期待在不是『現在』的『將來』，哥哥也許不會把我當成妹妹，而是把我當成『深雪』看待。」

達也同樣在深雪耳際低語。

「這種說法或許很奇怪，但我會努力。」

深雪放開了擁抱的手。

「唉唷，哥哥真是的。」

深雪面露對哥哥的態度感到傻眼的神情笑道。

達也露出苦笑。

兄妹之間終於恢復一如往常的氣氛。

「深雪，今天夜深了。而且明天還有慶春會，我們該睡了。」

「啊，說得也是。那我把被褥……」

深雪正要起身時，達也抓住了她的手。

「哥哥？」

「沒這個必要。難得姨母大人為我們準備床鋪，今天我們同床睡吧。」

「咦！」

深雪發出驚叫。她在哭泣的時候，聲音也沒失常到這種程度。

「那……那個，哥哥……您的意思，難道是……」

「不，妳錯了。」

達也朝深雪露出壞心的笑容。

「只是一起睡。不會做進一步的事。」

「這……這樣啊……」

深雪輕撫胸口。會覺得這個動作看起來有些遺憾，大概是牽強附會吧。

「我去換睡衣，妳先上床吧。」

「不……只是換一下衣服的時間，我願意等。哥哥，一起上床吧。」

「知道了。我很快就換好。」

達也已經確認過這個房間備有就寢用的浴衣。所以他不用花時間找，就迅速把衣服脫到剩下四角褲，再套上浴衣。

「哥哥，這樣不會冷嗎？」

深雪掀起棉被方便達也躺進去，同時擔心地如此詢問。

「不，就算只穿這樣，大概也會覺得熱。」

達也鑽進被窩，朝深雪招手。

深雪先是略顯猶豫，才躺進達也的臂彎。

「不知道是多久以前的事情了。總覺得以前我真的還很小的時候，曾像這樣睡在哥哥臂彎裡一次。」

「沒有很久喔……是母親葬禮結束當晚的事。」

「的確……我真是的，居然不小心忘了。」

深雪依偎在達也身旁。

達也把手臂繞到緊貼他身體的深雪身後，將深雪的肩膀摟過來。

「哥哥。」

「什麼事？」

「哥哥應該不知道吧？」

「是啊。」

「不知道我至今內心多麼難受。」

「抱歉。」

「最近尤其明顯。社會要求魔法師早婚。我原本已經做好覺悟，心想要鞏固自己魔法師的身分，最起碼得選個訂婚對象。」

「的確。」

「兄妹不能結婚。所以，就必須和哥哥以外的男性……」

「深雪。」

達也撫摸深雪的頭髮。

深雪身體微微一顫，接著便放鬆身體的力氣，整個人依靠在達也身上。

「睡吧。」

「是，哥哥……」

深雪將身心全部交付給達也，在遠方傳來的除夕鐘聲之下入睡。

二〇九七年，元旦。

達也與深雪從今天一大早開始就忙得頭昏眼花。

兩人都習慣早起，所以不以為苦，卻打從心底抗拒自己遭受日式換裝娃娃般的待遇。達也當然不用說，深雪也可以自己著裝，因此穿和服的時候也不習慣這樣完全交給他人。後來要抹白粉的時候，達也堅定拒絕，但深雪就跑不掉了。不過雖說要抹白粉，也不是像舞台劇演員那樣將整張臉抹成雪白，而是「和服版自然妝」的程度，算是不幸中的大幸。

總之，兩人在被恣意打扮一個多小時後終於獲得解脫時，已經冒出了「想就這樣直接回家」的想法。

「達也哥哥。」

「深雪姊姊。」

兩人在等候室的椅子（等候室擺著高腳椅，大概是顧慮到要避免弄亂衣服）坐著稍微休息時，身穿短褂加裙褲的文彌，與身穿長袖和服的亞夜子前來搭話。看來他們也終於做好準備了。

「達也哥哥、深雪小姐，新年快樂。」

「達也先生、深雪姊姊，新年快樂。」

兩人禮貌地進行新年問候，達也與深雪也站了起來。

「文彌、亞夜子，新年快樂。不對，是不是應該稱呼亞夜子『小姐』了？」

「達也先生，請不要新年初始就捉弄我。用不著那麼稱呼我，我只破例讓達也先生直接叫我『亞夜子』。」

「嘻嘻。文彌、亞夜子，新年快樂。」

「唔哇……」

文彌發出一聲感嘆。

「該怎麼說……深雪小姐好漂亮。」

「受不了你。不是和往常一樣漂亮嗎？」

亞夜子只朝文彌露出傻眼表情，沒展現對抗意識。大概是因為深雪今天是主角，所以才說服自己說這樣的差別待遇是在所難免吧。

「話說回來，深雪姊姊的拖袖和服真的好美，簡直像是新娘禮服呢。」

亞夜子「簡直像是新娘禮服」的這句評語，深雪自己也想過，所以她只能露出苦笑。

「我也說過這樣太誇張了……但他們堅持今天要穿這套。」

「哎呀哎呀……」

亞夜子的錯愕聲音，令人難以判斷她是真的感到傻眼，還是其實在暗自羨慕。

「大概因為這也是指名下任當家的場合，所以白川女士認為需要穿最氣派的正裝吧。」

朝聲音傳來的方向看去，就看見了夕歌。而站在那裡的她果然也穿著長袖和服。

「夕歌表姊，新年快樂。昨天謝謝您。」

「達也表弟，新年快樂。然後，不用客氣。昨天的事就別在意了。」

夕歌親切地走向四人。

彼此進行新年問候之後，眾人便在夕歌的提議之下坐上椅子。

聚集這麼多人，就會覺得等候室裡很擠。

而且正因為覺得擠，反而更在意不在場的人物。

「新發田表哥沒來這裡嗎？」

提及這件事的是文彌，這大概是年紀最小的特權吧。

「從時間來看，應該是直接進會場吧。或者是和父母在一起。」

達也以推測回答文彌的疑問。

掛在牆上的時鐘通知眾人差不多要被叫往會場了。

身穿低調長袖和服的女傭也前來叫他們，如同是要證實達也這番話。

「打擾了。我是為各位帶路的櫻井水波。」

負責引導的是水波。她身為女傭卻穿和服，大概是要表明她是引導員而非服務員吧。

「雖然可能有許多部分服務不周，但屬下會努力完成自己的職責，請各位多多指教。」

水波正如自己這番話所示，相當緊張。或許是慶春會的引導員和別人不太一樣，應該說有點走錯時代，令人覺得對於傳統文化的解釋錯誤，她才會現在就開始覺得不好意思吧。

「首先是文彌大人、亞夜子大人，屬下為兩位帶路。」

文彌與亞夜子在依序以眼神向達也、深雪、夕歌致意之後起身。

水波靜靜前進，兩人配合她的步伐，跟著她離開等候室。

「這麼說來，達也表弟知道慶春會入場的禮儀嗎？」

目送他們離去的夕歌事到如今才問這個問題，但達也老實回答：

「聽說是由引導人通知，再接受帶領進場。」

夕歌聽完達也的回答，露出有些同情的表情。

「那麼，難道深雪表妹也是？」

「是的。我也是這麼聽說的。」

「這樣啊……那麼，我只給你們一個建議。」

達也與深雪一起朝夕歌投以疑惑表情。

夕歌正經八百地說：

「進場的時候絕對不可以笑出聲喔。要是快要忍不住，就趕快坐下來行禮。場地是純和室，所以在行禮的時候再笑就可以掩飾過去了。」

夕歌前往大廳之後不久。

「達也大人、深雪大人，屬下為兩位帶路。」

水波來到等候室告知輪到達也他們進場。

「……水波，還好嗎？看妳好像很累。」

如深雪所說，水波看起來相當疲累。

「不，屬下沒事。不好意思，請兩位稍微加快腳步。」

不過這份職責完成之後，她應該就可以稍微休息一下了吧。為了水波著想，得趕快讓她完成引導員的工作。如此心想的達也催促深雪出發，一起跟著水波前進。

「下任當家候選人司波深雪大人，以及兄長司波達也大人，進～場～」

水波高喊的內容使得達也差點腿軟。看向身旁，就發現深雪的太陽穴也在抽搐。如果沒有夕歌的忠告，他們肯定會出醜吧。

傭人們一起磕頭時，達也與深雪都越來越難以保持鎮靜了。

即使如此，達也與深雪依然以端正的動作屈膝，接著達也威風凜凜，深雪則是賢淑優雅地行禮致意。

（這難道是在測試保持正經表情的能力嗎？）

達也一邊行禮一邊這麼想。

跪在兩人身旁的水波輕聲說「屬下為兩位帶位」後，達也與深雪也隨之抬起頭來。場中眾人驚呼一聲「喔喔！」，肯定是為深雪的美貌感到驚豔。

達也與深雪在水波的帶領下就座。

場中再度一陣譁然。

因為達也與深雪被安排坐在真夜兩側。

「再度祝賀各位新年快樂。」

真夜即使未婚，依然穿著已婚婦女在正式場合所穿的留袖和服，而且是繡上許多金線的華麗黑色款式。這樣的她一開口，所有出席者就立刻停止議論，在一小段空檔後齊聲高呼「新年快樂」。達也與深雪有預料到會這樣，所以勉強來得及齊聲唱和。

真夜滿意地環視兩側。

「今天是值得慶賀的新年，不只如此，另外還可以向各位報告三個好消息。這令我由衷感到喜悅。」

真夜說完這段開場白後，首先看向了勝成。和達也他們一樣身穿短褂加裙褲的勝成旁邊坐著和深雪她們一樣穿長袖和服的琴鳴，但她看起來不太自在。

「新發田家的長男勝成先生，和堤琴鳴小姐訂婚了。」

現場響起數個喧嚷聲。達也聆聽這些低聲討論的內容，發現比起「怎麼可能」，「果然」或「終於」的意見比較多。

「雖然今後並非只有快樂的回憶，在各方面應該都會吃上許多苦，不過現在請為兩位年輕人的前途給予盛大的祝福。」

場中爆發熱烈的掌聲。不過達也沒有看漏真夜剛才講到「在各方面會吃上許多苦」的時候有相當多人點頭。

「接下來，我要在此發表各位最關心的事。」

場中鴉雀無聲。

「呵呵。看來各位都知道了。」

故意賣關子的真夜笑了一聲。

即使如此，現場別說是低語，甚至沒人發出聲音。

不曉得真夜對於眾人的反應究竟是滿意，還是不滿。

她掛著不透露內心想法的笑容，告知下任當家的名字。

「我想委由坐在這裡的司波深雪小姐繼承我的當家地位。」

片刻之後，響起了熱烈的掌聲。掌聲主要來自本家的傭人們。

「拜會之類的就等候下次機會吧。這場慶春會不是講這種拘謹事情的場合。」

各處響起贊同的笑聲。就達也所見，笑的大多是臉紅的男性。看來這是喝醉了也無妨的集會呢——這讓達也略感意外。

「再來是最後一項通知。下任當家深雪小姐，和我的兒子司波達也訂婚了。」

明顯的喧嚷聲取代掌聲。眾人進行算不上是悄悄話的對話。

「恕我冒昧，當家大人，方便請教一件事嗎？」

這個聲音來自夕歌身旁。身穿穩重色調留袖和服的這名女性是夕歌的母親，也是津久葉家的當家津久葉冬歌。

「津久葉閣下，什麼事？」

真夜以透露從容態度的笑容詢問。

冬歌以毫不從容的僵硬表情詢問真夜。

「剛才您好像說『我的兒子』，請問是我聽錯嗎？我記得達也是當家大人的姊姊——深夜大人的兒子啊。」

「也對。這是個好機會，我就介紹一下兒子吧。坐在這裡的司波達也，是使用我在『事件』之前取出的卵子，再由姊姊深夜擔任代理孕母生下的，所以其實是我的兒子。至今因為某些理由而掛在姊姊的名下，但我這次決定迎接他回來成為我的兒子了。」

喧嚷轉變為寂靜。但這只是一瞬間的事。

「當家大人。」

「哎呀，貢，什麼事？」

原本在這場聚會上，真夜應該將他視為分家的當家，並稱呼他「黑羽閣下」，可是真夜卻刻意一如往常地稱他為「貢」——真夜知道這樣反而會對貢施加壓力。

「您剛才說『迎接』……」

「啊，對喔，這樣形容會招致誤會。」

真夜露出了像是要調皮地輕呼「嘻嘻」般，略帶輕佻感的敷衍笑容，和貢的僵硬表情呈現強烈對比。

「達也還是第一高中二年級學生，所以會和以往一樣住在司波家。雖然已經訂婚，不過從道德層面來看，高中生男女同居給人的觀感不佳，但我確信深雪與達也不會犯下這種錯誤。」

「可是——」

貢在正要反駁的時候停下了。他這時候才終於察覺一旁的文彌頻頻詢問亞夜子：「姊姊，妳沒事吧？」

「哎呀，亞夜子，沒事吧？身體不舒服嗎？」

真夜比貢先開口詢問。

對於女兒的罪惡感，使得貢不知所措。

「不……我還好。」

亞夜子堅強地回應，但在所有人眼中，她的狀況看起來都不太好。

「來人啊，帶亞夜子到別的房間休息。」

文彌與水波回應真夜的呼喚。

「屬下會負責安排。」

「也請讓我陪同。」

水波在會場入口磕頭回應，文彌則摟著亞夜子的肩膀對真夜這麼說。

「嗯，交給妳了。」

真夜對水波如此下令。

「文彌，准你離席。」

接著再朝文彌這麼說。

◇　◇　◇

「姊姊，我進來了。」

脫下和服換上輕便服裝的亞夜子進房躺在床上時，文彌輕敲房門。從室內開門的是貼身照顧她的水波。

「文彌……」

「姊姊，不可以啦！躺好啦！」

亞夜子想從床上坐起，文彌連忙跑過去讓她躺好。

「小題大作。又不是生病。」

亞夜子傻眼地回嘴。但她雖然嘴裡這麼說，還是乖乖躺回了床上。

「不是生病」這句話令文彌別過了頭。但他立刻盡量裝作若無其事的樣子，將目光移回亞夜子身上。

「姊姊，那個……還好嗎？」

「什麼嘛……文彌果然知道我在想什麼啊。」

亞夜子掛著泫然欲泣的表情笑了。

「大概是因為是雙胞胎吧。凡事都瞞不了對方的狀況，在這種時候很麻煩呢。」

文彌露出和亞夜子相同的表情。

雖然是雙胞胎，卻是不同性別的異卵雙胞胎，長相也明顯不同。很女孩子氣的亞夜子，以及外表中性的文彌。即使文彌男扮女裝，換成和亞夜子相同的髮型、妝容與服裝，鐵定也沒人會將兩人認錯。不過現在強忍淚水露出相同笑容的兩人，給人的感覺一模一樣。

「……對手是深雪小姐就沒辦法了。畢竟深雪小姐是最親近達也哥哥的人。」

所以只能放棄達也了——這是文彌的言外之意。這番話以亞夜子喜歡達也為前提，而亞夜子也沒否認。

「但我沒想到當家大人會不惜使用這種方法，去和深雪小姐站在同一邊……」

「文彌，這你就錯了。」

文彌認為真夜將達也收為自己兒子的驚人之舉是為了深雪。但亞夜子立刻否定。

「那麼做是為了達也先生喔。」

「姊姊？」

「那並不是為了深雪姊姊。當家大人是想確保達也先生的居所與自由，才利用了她。」

「是……嗎……」

文彌將亞夜子這番話解釋為一種自我防衛的逞強。他覺得姊姊是藉由編造這樣的劇本，讓自已深信深雪會獲選並非因為是達也合適的伴侶。

但文彌一直到最後都沒機會得知亞夜子這番話完全說中事實。

◇◇◇

對於「達也是真夜的孩子」這個出乎意料的宣言，眾人本應理所當然會追問「這是真的嗎？」或是「既然是真的，為什麼隱瞞至今？」等問題，卻因為亞夜子臨時退場的意外，導致事情就在沒人明言追究的情況下不了了之。這也等於達也身為真夜兒子暨深雪未婚夫的地位，就這麼不知不覺地確立了。

不過，要大家突然把以往視為「不成材」的鄙視對象當成「現任當家的兒子」與「下任當家的未婚夫」來尊敬，實在是一件難事。即使表面上再怎麼修飾，言行中的各個小細節依然會透露出瞧不起達也的態度。

但是達也完全不想責備這種事情。畢竟現在是宴會場合，最重要的是他這個當事人非常清楚這場鬧劇的內幕。所以達也反而同情那些必須立刻改變態度的當家與傭人。

不過，也有人無法容忍這種幫傭不應有的態度。

「達也大人、深雪大人，恭喜兩位。」

身穿晨禮服的葉山當著真夜的面，在兩人面前磕頭。

「謝謝。」

深雪只有文雅回禮。

「謝謝。不過，請抬頭吧。」

但如此誇張的禮儀似乎令達也不自在。

「我完全不知道本家的工作或規矩，在各方面上都想請教一下葉山先生。」

雖然始終只限於現在這個場合，但達也想藉由可嘉的態度結束這個話題。

「這是屬下的榮幸。有什麼不明白的事情，請儘管問我這把老骨頭吧。」

不過，葉山似乎還不想結束這場戲。

「話說回來，達也大人，您還記得嗎？」

因為沒有預先對過劇本，所以達也突然聽到這個問題，心裡也不可能有底。

不過，達也不需要辛苦地在記憶中翻找。

「記得您說好要在這個慶春會的席上示範新魔法。」

因為葉山立刻說出答案了。

「新魔法？達也，你完成了？」

真夜露出不像是作戲的眼神回應這個話題——她不是作戲，是真的燃起好奇心，所以會這樣也是理所當然。

「——是的。」

達也原本想像平常一樣回答「嗯，算是吧」，不過也在千鈞一髮之際成功裝出應有的態度。他自己就是這個樣子，所以當然提不起勁責備傭人們。

「真的？請務必表演給我看！」

真夜失去當家的威嚴，像少女般地興奮說道。

達也以暗藏抗議意志的視線瞪向葉山。

不過葉山卻掛著像是在看孫女的笑容，看著真夜「青春洋溢」的模樣。

「哥哥——達也先生，我也想見識一下。」

不知為何連深雪都跟著起鬨。

這是完美的包圍網。

「我知道了。我需要準備，所以恕我暫時離席。」

達也已經無法選擇拒絕了。

依然身穿短褂加裙褲的達也拿著ＣＡＤ的收藏盒，出現在面對會場的庭院裡。他的前方擺了一個關著山豬的籠子。

達也朝著鋪設榻榻米的會場大聲說明。

「新魔法『重子槍』是以生物為對象的致命魔法，因此這場示範會有點血腥。建議不喜歡無謂殺生的人，最好暫時到其他房間休息。」

這段警告使得數人轉頭相視，卻沒有任何人離席。大概是因為在場的所有人，都是四葉相關人士吧。

「那麼，我開始了。」

為什麼非得弄得像是表演餘興節目給大家看？如此心想的達也從收藏盒取出為了這個魔法而改造的銀鏃改造機「三尖戟」。

他平常都是以雙槍形式使用三尖戟，但這次只以右手拿起一把，並且在前端裝上類似刺刀的物體。像是刺刀的這個物體很長，使得三尖戟整體看來給人不太均衡的印象。

達也將刺刀前端對準籠子裡的山豬。

接著就這樣隨意扣下扳機。

魔法程序同時在瞬間進行。

【物質分解出重子。】

——刺刀部分的原子核遭到分解。為了分解原子核，所以分子就分解成原子、原子分解成電子與原子核、原子核分離出質子與中子，也就是重子。

【執行ＦＡＥ程序：粒子聚合。】

——依照ＦＡＥ理論減少物理法則束縛的粒子群不是依循自然法則擴散，而是聚集為薄薄的圓盤狀。沒列入分解之定義對象的輕子（電子）被質子捕獲。

【執行ＦＡＥ程序：射出。】

——聚集為薄圓盤狀的重子射向目標。依照ＦＡＥ理論，以超越魔法力極限之速度移動的重子塊秒速達到一萬公里。

【物質重組。】

——所有程序逆轉。

「咦？」

「怎麼了？」

「發生什麼事了？」

山豬發出倒地聲響後，觀眾隨即發出這樣的聲音。

達也當然沒有想為觀眾詳細解說的服務精神。

他朝著本家、分家與傭人等觀眾行禮之後，便準備將CAD與刺刀造型的配件（其實這也是一種CAD）收回盒子。

「請等一下。」

不過很可惜，還是有人叫住他了。

「什麼事？」

叫住達也的是勝成。

勝成套上木屐來到庭院，然後接近山豬籠，仔細注視屍體。

「剛才那是高密度的中子射線吧？山豬的身體組織正在沸騰。細胞不知為何沒有放射活化的樣子，究竟是怎麼做才會造成這種現象？」

「我不能說怎麼做。」

勝成應該不是真的詢問魔法訣竅，但達也還是投出牽制球，以防萬一。

「這是當然的。」

勝成的語氣正如預料地變得很凶，大概是在發脾氣吧。

「那麼，我說明一下發生了什麼現象吧。這不是很困難的事。」

達也不以為意，把仍套著刺刀般配件的三尖戟拿起來給勝成看。

「這是由收納單一啟動式的ＣＡＤ和碳鋼椿組合而成的武裝演算裝置。」

經他這麼一說，這個配件的形狀與其形容成「刀」，確實更適合形容為「椿」。

「我就是將這根椿的部分分解到重子層級，再聚集為薄圓盤狀擊發出去。」

擊發程序利用了安潔莉娜·希利鄔斯的武器「布里歐奈克」使用的ＦＡＥ理論——後發事象可變理論，但是達也不想在此時此地把招式的祕密講得這麼明白。

「剛才前端部分看起來會像失去形體，原來不是我的錯覺啊。」

勝成先是表示接受，接著立刻開始自問自答。

「將這個武裝演算裝置分解成質子與中子？那麼電子……喔，原來如此。質子捕捉電子成為中子，所以不是變成帶電粒子射線，而是中子射線嗎……那為什麼尖端部分完整留下來了？」

雖然達也心裡對勝成為何如此積極詢問感到疑惑，但他覺得只問到這種程度倒還好，便開口回答他的疑問。

「我『重組』了。」

「唔！原來如此，是這樣啊！」

「原來如此，是這麼回事啊！」

真夜滿足的聲音和勝成不甘心的聲音同時在庭院響起。

「原來就是這樣才會命名為『重子槍』。不是『箭』、『砲』或『彈』，而是『槍』的原因，原來就在於有在最終階段加入重組魔法啊。」

達也覺得既然說明到這種程度，會知道這一點也是理所當然，但這個答案確實正確，所以他態度可嘉地朝真夜敬了一次禮。

「放射活化的物質沒有殘留，也是因為『重組』將射出的中子全部回收了吧？只留下中子射線加熱物質內部水分的結果……達也，這種反物質攻擊真是太厲害了！」

達也再度低頭致意。

達也挺直上半身之後，勝成以別人聽不到的音量低語。

「當時只要使用這個魔法，不就能輕鬆解決我們了嗎？」

至此就知道勝成為何從剛才就纏著達也了。

不過這個問題完全沒切中核心。

達也毫不留情地指摘這一點。

「研發『重子槍』這個魔法，是用來擊退無法以『分解』應付的對手。沒機會用在『分解』適用的對手身上。」

勝成紅著臉沉默了下來。他完全理解到達也「使用分解就能立刻解決」的言外之意。

勝成朝達也投以犀利視線。但他沒有愚蠢到在這裡亂來，使得自己、新發田家甚至是琴鳴都暴露在危險中。勝成調整呼吸，將遺憾壓抑到內心深處，裝出為新魔法感到佩服的表情回座。

◇◇◇

新魔法的亮相至此平安收場。達也原本擔心有人拿「中子護罩」刁難，但沒出現這麼不懂禮貌的人。

大概是這場慶祝餐會成了一種遏止力吧。

要是拿「中子護罩」出來講，就必須多公開一個階段的祕密，使達也捏了一把冷汗。

慶春會本身也在沒發生其他突發狀況的狀態下結束了。達也的身分自然而然地被改寫為四葉家現任當家——四葉真夜的兒子，風光成為深雪的未婚夫。

隔天，西元二〇九七年一月二日，四葉家透過魔法協會對十師族、師補十八家、百家含數家系等有力魔法師發布通知。

第一，四葉指名司波深雪為四葉家下任當家。

第二，將司波達也視為四葉真夜的兒子，不過姓名仍是司波達也。

第三，司波深雪和司波達也訂婚。

各有力魔法師的家系，大多在當天發電報到魔法協會的四葉家私人信箱祝賀。

不過，並不是所有含數家系都贈送祝辭。

一天後的西元二〇九七年一月三日。

日本魔法協會總部收到聲明，內容是對司波深雪與司波達也的訂婚提出異議。

聲明人是一条剛毅。也就是十師族一条家的現任當家。

（下集〈師族會議篇〉待續）

後記

本次是《魔法科高中的劣等生》的第十六集〈四葉繼承篇〉，不知道各位的感想如何呢？〈四葉繼承篇〉是本系列的分水嶺，劇情將在下一集迎接新的展開。雖然《魔法科高中的劣等生》看起來很像告了一個段落，但實際上不會這麼簡單就結束。我想各位從最後一句話……應該說從最後兩句話就發現了。

這本第十六集有大學生與剛踏入社會第一年的新角色登場。這部小說一半的舞台在魔法科高中，所以不是高中生的他們應該很難得到活躍的機會——不過畢業組就另當別論了。因此，我想在這次的後記介紹一下新角色。

首先是津久葉夕歌。身高一六〇公分，體重四十八公斤，體型有點過瘦。年齡是二十二歲，魔法大學四年級學生。曾任第一高中的學生會副會長，剛好和真由美他們的世代錯開。及肩的黑色無層次直髮梳成左六右四的右旁分，有戴耳環。是一名擅長各種精神干涉系魔法的魔法師。

再來是新發田勝成。身高非常高，有一八八公分，體重則是八十公斤。頭髮是黑直髮，並剪成偏短的上班族髮型。年齡二十三歲，今年從魔法大學畢業進入防衛省。雖然是行政職，不過擁有和體格相符的格鬥戰能力。擅長聚合系魔法「密度操作」，以「一般來說」是優秀的魔法師。

第三人是堤琴鳴。身高一六五公分，體重五十八公斤。頭髮是棕色的中長捲髮。是個乍看給人辣妹印象的二十四歲女性。職業是勝成的守護者。她是調整體「樂師系列」的第二世代，對於聲音相關魔法擁有相當高的素質。

最後是堤奏太。是身高一七〇公分，體重六十二公斤的拳擊手體型。頭髮是棕色的狼剪髮型。目前是二十歲的魔法大學二年級學生。雖然也有以音樂人身分在音樂展演空間活動，不過正職是勝成的守護者。他是琴鳴的親弟弟，對於聲音相關魔法同樣擁有相當高的素質。

他們各自擁有在這裡寫不完的小故事，不過還尚未決定是否要公開。

本次也由衷感謝各位將本書看到最後。下一集將再度以魔法科高中為主舞台。關於四葉繼承

魔法科高中的劣等生

的這些事件，將在學友之間激起何種漣漪呢？而十師族又會如何行動？

敬請各位期待接下來的《魔法科高中的劣等生》第十七集——〈師族會議篇〉上集。

（佐島 勤）

國家圖書館出版品預行編目(CIP)資料

魔法科高中的劣等生. 16, 四葉繼承篇 / 佐島勤作 ; 哈泥蛙譯. -- 初版. -- 臺北市 : 臺灣角川, 2015.12

面； 公分

譯自 : 魔法科高校の劣等生. 16, 四葉継承編

ISBN 978-986-366-861-9(平裝)

861.57 104023043

Kadokawa
Fantastic
Novels

魔法科高中的劣等生 16
四葉繼承篇

（原著名：魔法科高校の劣等生16 四葉継承編）

2015年12月16日 初版第1刷發行
2022年7月25日 初版第6刷發行

作　者：佐島 勤
插　畫：石田可奈
日版設計：BEE-PEE
譯　者：哈泥蛙
發行人：岩崎剛人
總編輯：蔡佩芬
編　輯：黎夢萍
美術設計：黃永漢
印　務：李明修（主任）、張加恩（主任）、張凱棋

發行所：台灣角川股份有限公司
地　址：104台北市中山區松江路223號3樓
電　話：（02）2515-3000
傳　真：（02）2515-0033
網　址：www.kadokawa.com.tw
劃撥帳戶：台灣角川股份有限公司
劃撥帳號：19487412
法律顧問：有澤法律事務所
製　版：巨茂科技印刷有限公司
ＩＳＢＮ：978-986-366-861-9
